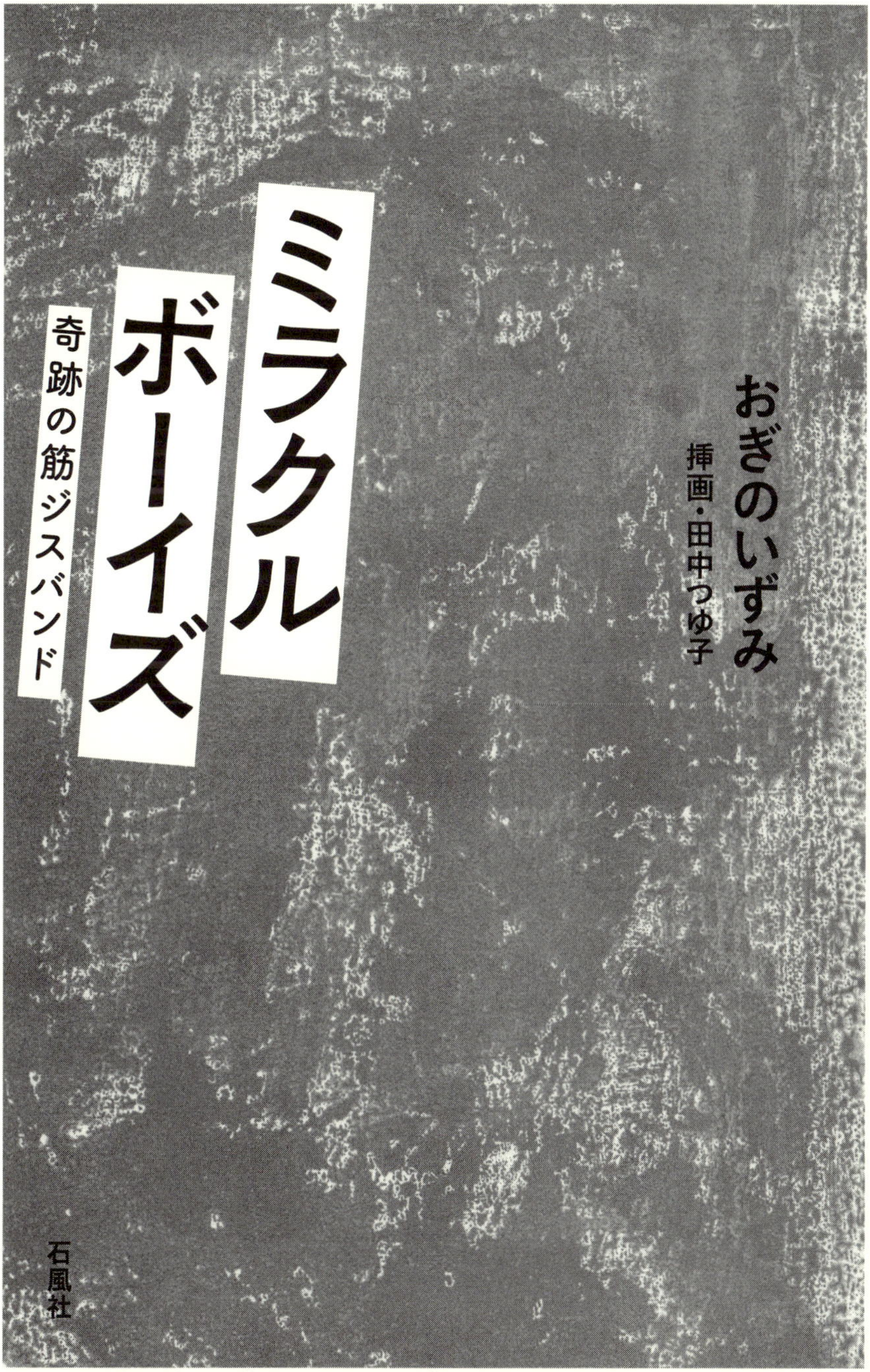

ミラクルボーイズ

奇跡の筋ジスバンド

おぎのいずみ
挿画・田中つゆ子

石風社

もくじ

ミラクルボーイズ

奇跡の筋ジスバンド

プロローグ　二〇一二年六月九日

一週間ほど前、神戸にいる紗絵《さえ》からメールがとどいた。

今度の土曜日に「ミラクルボーイズ」のみんなに会いに行きたいので、都合はどうかという、簡単なものだった。

ときおりメールで近況報告ってやつはあったけど、どういう風《かぜ》のふきまわしなんだろう。実家に帰省《きせい》するついでかもしれない。

「ほんと！　紗絵ちゃんがねぇ、なつかしいわね」

と、妻の美幸《みゆき》もパソコンをのぞきこむ。

「あら、ご無沙汰していますなんて、しっかり書いてあるじゃない。フフ、敷居《しきい》が高いのかもね。もちろん、行くでしょ」

「そうだなあ、四時まで会議が入ってるけど、六時ぐらいには着けそうだ。しばらくミラクルの練習にも行けなかったし」

「やったあ。いこう、いこう」

そばで聞き耳をたてていた小学五年の洋一《よういち》がこぶしをあげる。

「たっくんも、ミラクル、いくー」

三歳になったばかりの達彦《たつひこ》も、洋一のまねをして小さなこぶしをあげる。

うちの家族はミラクルのこととなると、どうしても熱くなる。

「よし、わかった」

夕方になるけどと書いて、とにかくオーケーの返事をおくった。

再会場所はもちろんS病院の集会室。


そういうわけで、今日、ぼくは助手席に美幸、うしろの座席に子どもたちを乗せ、熊本県の人吉《ひとよし》市から合志《ごうし》市にあるS病院に向かって車を走らせている。

美幸は昨日のうちにすでに紗絵と会っていた。水前寺《すいぜんじ》公園を散策しておしゃべりをたのしんだそうだ。

「女同士のね」

そういって美幸は含みわらいをした。なにも聞かないでということらしい。

もう、八年もたつのかと、ハンドルをにぎりしめ感慨《かんがい》ぶかく呟《つぶや》くと、助手席の美幸がすばやく反応した。

「ふふ、早く会いたい？　紗絵ちゃん、きれいになってたわよ」

美幸のやつ、なにやら誤解しているようだ。ぼくは、紗絵もエキストラで参加した、あの、「ミラクルボーイズ十周年記念コンサート」のことを思いおこしているというのに。

「ミラクルボーイズ」って？

えっ、なにが奇跡《ミラクル》なの？

そうか、みんなは、まだ知らないんだね。それでは、いまからその〈ミラクルボーイズ〉という、すてきなバンド仲間たちの話をすることにしよう。

このバンドはS病院の筋《きん》ジストロフィーという難病患者で結成されていて、ぼくは、かれらとずっといっしょに演奏活動をつづけてきた。

そしてぼくは、S病院に併設《へいせつ》されている養護《ようご》学校の高等部で実習助手をしていた今西智《とも》彦《ひこ》。今は転勤になって、人吉に住んでいる。

語り・1　今西智彦《ともひこ》　二〇〇四年十月十日

今から八年まえの二〇〇四年十月十日の午後に、時計の針をもどすことにしよう。

場所は今の合志《ごうし》市の市民センター。その時は西合志町の町民センターと呼ばれていた。西合志町と合志町が合併して合志市になったのだ。熊本県のやや北部の内陸に位置する。

そこで行われた〈ミラクルボーイズ〉の十周年記念コンサート。

大成功だった。すごい盛りあがりようだった。

なにしろ半年もかけて準備した、かれらとぼくのコンサートだったんだ。

当日は秋晴れ。汗ばむくらいだった。

「本日は晴天なり、本日は晴天なり」

そういいながら、ボランティアの畑中《はたなか》さんが車いすにすわったままの賢人《けんと》をワゴン車からリフトでおろした。

畑中さんは酒屋のあととり息子。ミラクルボーイズのために、配達用の車を、車いすのままでも乗り降《お》りできるようにリフトつきにしてくれているのだ。

このボランティアをはじめてもう七年、三十歳をちょっと過ぎたくらいかな。やや太めでがっしりした体格。いつもにこにこしていて、ぼくらのバンドにとってなくてはならない存在だ。

「どう、体調はいい？」

畑中さんは賢人の顔をのぞきこんだ。

賢人が首を縦にふっている。

「そっか、よかった」

畑中さんはポパイのような腕にぐっと力をこめ、賢人があおむけに空を見られるように、車いすをうしろへかたむけて前の車輪を浮かせた。

雲ひとつない。空は一面青く、しかもベタ塗りの青じゃなく、透明感があって、深くすいこまれていきそうな色だ。ほんとうに大きな空だ。

「病室の窓から見るのより、ずっといい……」

賢人はやっと聞き取れるくらいの声でそういうと、小さく息を吸った。

先に降りていた秀夫《ひでお》がすーっと車いすを近づけた。

このころはみんな電動車いすになっていて、介助《かいじょ》なしでもすいすいと動きまわることができた。

「賢人、ゴー、オンだぞ」

「オーライ」

賢人がこたえる。ふたりの合言葉《あいことば》だ。

「おうおう、ふたりともはりきっちょるね、その意気、その意気」

畑中さんのひげ面《づら》がほころぶ。

ぼくは、アンプを運びながら、秀夫と賢人の顔をチラリと見た。たしかに気力がみなぎっている。

きょうのコンサートはきっとうまくいく。そう確信した。

客席は、満員とまではいかないが、そこそこにうまっている。

手伝いの大学生やライオンズクラブ（社会人の奉仕団体）の人たち、そして病院関係者が、きびきびと動いている。受け付け、舞台装置、照明の確認などなど、仕事はたくさんある。

準備が整うと、ボランティアの人たちが舞台上のそれぞれのパートまでメンバーの車いすを押していってくれた。

ぼくはメンバーの前の譜面台《ふめんだい》に楽譜をおいた。

本番まえに軽く音合わせをする。

ＯＫ、すべて順調。

さあ、いまからミラクルボーイズ結成十周年記念コンサートがはじまる。

午後一時三十分、幕があがる。

客席のざわめきがやんで、舞台の上にライトがこうこうとふりそそぐ。メンバーの顔に緊張がはしる。

病院の保育士でバンドのマネージャー役の山本奈央《なお》先生が、はじめの挨拶に立った。

客席に向かって左端にキーボードの崎田悟《さきたさとる》、つづいてボーカルの井手《いで》賢人と山下弘次《こうじ》がならぶ。

その右うしろにバンドリーダーの杉田晴久《はるひさ》。通称、晴《はる》さん。ベースギターを担当。

一番右でボーカルとキーボードを兼ねているのは藤原秀夫だ。

かれらはみんな車いす。つまり、筋ジストロフィー患者で主役の五名だ。

ぼくはリードギターでサポート。晴さんより後ろに立つ。

一番後部のまんなかにでーんと陣《じん》どっているのはぼくの妻の美幸《みゆき》。ドラム担当だ。

きょうのコンサートにはぼくの同僚の吉谷《よしたに》先生や、美幸の弟の浜谷《はまや》勇一も助《すけ》っ人《と》にきてくれて、サイドギターとボーカルをそれぞれにサポートしてくれる。

それから、突然、外から舞いこんできて、あっという間《ま》に、メンバーのアイドルの地位を占めた高校生の矢守紗絵《やもりさえ》。みんなのまん中に立って、きれいな声でボーカルを受け持っている。紗絵のことはあとで秀夫や賢人が詳《くわ》しく語ってくれるだろう。

忘れてはいけないのは、客席で見守ってくれている富岡守《まもる》。

かれは四年まえの秋、二七歳の生涯をとじた。

いま、かれの遺影《いえい》は客席だ。かれの母親の胸にしっかりと抱かれている。

きょうの日を一番よろこんでくれているのは、この守かもしれない。

守は亡くなる寸前まで、病院内の練習場所の集会室へやってきて、ストレッチャーにからだをよこたえながら、いつもうれしそうに練習を見てくれていた。

客席の遺影を見ていると、胸のおくからこみあげてくるものがある。

おっと、守の遺影を見ているうちに、挨拶がリーダーの晴さんにかわっていた。

「みなさま、きょ、きょうはお忙しいなかを、ぼくらミラクルボーイズ十周年記念コンサートにおいでくださって、ほ、ほんとうにありがとうございます。ただいまからぼくたちの演奏をはじめます」

きちょうめんな晴さんの声が少しふるえている。

「晴さーん、きんちょー、なしなし。挨拶は短いほど雄弁《ゆうべん》なり」

そういって、秀夫が手に持っている棒の先で軽く譜面台の楽譜をつついた。

晴さんもそれで、緊張がほぐれたようだ。わらいかえす余裕もでた。やっぱり、秀夫はメンバーのムードメーカーだな。

「いい？　いくわよ」

美幸が両方の手に持つスティックでドラムのふちをたたきながら、はぎれよくかけ声をかけた。

「ワン、ツー、スリー、フォー！」

ぼくらはいっせいにギターをかき鳴らした。

キーボードの悟と秀夫の指も動きはじめる。秀夫は歌いながら両方の人さし指と中指をつかい、キーボードを打つ。

みんな集まれ、僕らの所へ
僕らは楽しい　ミラクルボーイズ
悲しいときには　ここにおいで
楽しい歌を
歌えばあなたも楽しくなれる
みんな集まれ　僕らの所

奇跡を呼ぶよ　ミラクルボーイズ

うれしいときにも　ここへおいで
楽しく歌えば
もっともっと　嬉しくなれる
みんな集まれ　僕らの所
あなたも今から　ミラクルボーイズ
ミラクルボーイズ
ミラクルボーイズ

ぼくが作詞作曲したミラクルボーイズのテーマソングだ。コンサートのオープニングにはいつもこの曲をつかう。

ここで、ミラクルボーイズの成り立ちまでさかのぼってみよう。

このS病院には、筋ジストロフィー患者のための病棟《びょうとう》があって、おもに熊本県内の患者が入院している。

子ども病棟とおとな病棟があって、子ども病棟には親もとから離れた小学生も入院していた。併設《へいせつ》の養護《ようご》学校には、小学部、中学部はあったのだが、高等部はなかった。

親たちの要望もあって、ついに一九九五年の四月に高等部ができた。

それと同時に、ぼくは東京からUターン、実習助手としてここに赴任した。主に授業中、生徒たちをサポートするのがぼくの仕事だ。

ぼくのことは、まあどうでもいいんだけれど、一応話の流れがあるので聞いてほしい。

大学を出て、ぼくは東京に就職した。印刷会社の営業マン。ぼくはだれも知らない東京で、右に左に、さまよいながら、仕事を取ろうと駆けずりまわった。なのに、結果はむなしく、いつもノルマを達成できないおちこぼれ。

その仕事が自分に向いていないのはすぐにわかった。それでも、ぼくは十年がんばった。工面《くめん》して大学まで出してくれた親へのもうしわけなさから、辞《や》めるとはいえなかったのだ。

高校のころは、仲間といっしょに、プロのバンドを目指していた。週末になると郷里の人吉《ひとよし》から熊本市にでかけ、熊本城のまえで、ライブ演奏をした。

あのころのかがやきが、ぼくにはすっかり消えうせていた。身も心も疲れ果て、ギターはほこりをかぶって部屋の片すみにたてかけられたままだった。

毎日、頭が重い日がつづいた。

そんなとき、バンド仲間だった亮介《りょうすけ》が、養護学校の実習助手の求人を知らせてきた。人吉市役所に勤めている亮介は、「熊本へ帰ってこいよ」と、いってくれた。

Uターンをして、この養護学校に勤めることになったぼくだが、はじめのころはとまどいの連続だった。

この年、高等部への入学者は三十二名。そのなかには、すでに別の高校の通信課程で学んでいた者も半数ほどいた。それだけ高等部の設置が待ち望まれていたのだ。

新入生は、病状により三つのクラスにわけられていた。

1組は、ぜんそくなどで一時的に入院している生徒たちのクラス。2組は筋《きん》ジストロフィーの患者だけで構成されており、3組は知的障害の生徒たちだった。

ぼくは、筋ジスの2組を担当した（ここからは、筋ジストロフィーのことを筋ジスとよぶことにしよう）。男子ばかりの十五名で、全員が車いすを使用していた。

正直にいうと、それまで筋ジスという病気があることさえまったく知らなかった。

筋ジスは、体中の筋肉がすこしずつ衰《おとろ》えていく難病だ。こんなに医療が進歩しているのに、まだ確たる治療薬もない。

ただ、以前は二十歳ぐらいまでしか生きることができなかったこの難病も、人工呼吸器や薬の開発で、少しずつ進行を遅らせることはできるようになってきた。

2組の教室は、レントゲン写真の物置に使われていたところが取りあえず割りあてられた。薬品の匂《にお》いがぷんぷんして、ぼくはその匂いにもなかなかなじめなかった。

クラス委員は、当時十八歳だった藤原秀夫。

生徒たちは、朝は病院でリハビリをして登校する。

「おはよう」

「おはようございます」

かれらは体のハンディを感じさせないほど、よくわらい、よくしゃべり、たのしくってしかたないといった面持《おもも》ちだった。もちろん、まじめに勉強にも取り組んでいた。

生徒たちの笑顔と真新《まあたら》しい教科書が、しだいに薬品臭《くさ》さを吹きとばしていく。

高等部で行われた六月の体育祭。体育館は熱い空気に包まれていた。

かれらは二組《ふたくみ》に別れ、それぞれに赤と白の衣装を身に着け、応援合戦をくり広げた。全員での玉入れ、車いすリレー。生徒自身による創作ダンスまで披露《ひろう》した。みんな頭に花をかざっていた。

圧巻は「仮装大会」。これは、赤組、白組の教職員の二人ずつがモデルだ。

ぼくは、なんとかぐや姫の衣装を着せられた。長い黒髪《くろかみ》のかつらまでつけられて、みんながわらい転げるなかを、照《て》れながら、おじいさんになった同僚と手をつないで、体育館を一周するはめになった。

車いすで動きまわるという点をのぞけば、筋ジスの子たちも普通の高校生となんらかわりがない。

ぼくは自分の中のとまどいがすっかり消えていることに気づいた。

そして、おどろいたことに、かれらはバンドを組んでいた。

バンド名は、「ミラクルボーイズ」。

奇跡の少年たちか、いいネーミングだな。

聞くと、前の年、一九九四年の十月に十代の筋ジス患者十数人で結成したのだという。

ギターを弾《ひ》ける生徒が二人いた。祐樹《ひろき》と保之《やすゆき》だった。

ギターの二人を中心に、少しずつ、練習がはじまっていた。秀夫がリーダーシップをとっているようだった。

これに飛びついたのが、ぼくだった。

なにしろ、ぼくは高校のころ、プロのバンドマンを志《こころざ》していたくらいだから、腕はたしかだ——といえばちょいとうぬぼれになるから、たしかのようだってことにしておこう。

ぼくはプロにならなくてよかったと思っている。かれらに出会え、妻になる美幸に出会えたのだから。まっ、ぼくの実力ではなれるはずもなかったけどな。

ぼくは、顧問《こもん》兼バンドの一員として、即参加、ギターをかきならしはじめた。

とにかく、たのしかった。

かれらは、ぼくにギターを思い出させてくれた。

東京での十年間は、かれらに出会うために必要な時間だったのかもしれない。そして、かれらと出あってからの年月は充実しているというか、生きている密度が濃いのだ。

ミラクルのメンバーにと同僚を何人かさそったのだが、音楽は苦手だとか、忙しいといわれ断られてしまっていた。

そこで、目をつけたのが浜谷《はまや》美幸だった。美幸はそのとき二十歳。短大を卒業したばかりで、栄養士として、病院で働いていた。

根っからの明るさとどこまでもとおる声。つまり声が大きいってことだけど、そんなことはおくびにもださず、美幸にはあくまでも声量豊かなその声で生徒たちを指導してほしいと、ていねいにたのんだ。

「いいですよ」

美幸はあっさりと承諾した。いかにも美幸らしい。

歌の指導もだけど、美幸には最初からドラム担当をと思っていた。腕もじょうぶで強そうだったし、美幸ならやってくれるという、確信があった。

病院の集会室が練習場になっていた。養護学校中学部ＯＢの晴さんがメンバーに加わってきた。

晴さんは中学を卒業してからずっとギターをやっていたそうで、かなりうまい。

秀夫と富岡守がボーカルとキーボードを受け持ち、祐樹と保之は、ベースギター。それに、晴さんとぼくがギター。賢人や俊也《としや》たち数人がボーカルでにぎやかだったが、やはりドラムがほしい。

「あのね、歌うまえに、まず、発声の練習よ。お腹から、声をだすの。こんなふうに」

美幸が先にやってみせる。

ボーカルグループは熱心に口をあける。

「あ、え、い、お、う、あ、え、い、お、う」と、声を発した。

練習時間は、一時間以内できりあげる。みんなは、もっとやりたそうだが、ムリは禁物《きんもつ》だ。

みんなのかがやいている目を見るのはたのしかった。

「美幸先生、なかなか、指導力ありますね」

ぼくは舌を巻いた。

「ところで、バンドっていうのは、やはり、ドラムがないとメリハリがききませんね」

「そうですね。でも、あの子たちにドラムっていうのは、いくらなんでも、ムリですよ」

かれらは極端に腕の力が弱い。

「そうなんですよ。そこで、考えたのですが、美幸先生がやってみませんか」

「わ、わたしが、ですか。それだけはムリです、バチをにぎったこともありません」

さすがに美幸の声はうわずっていた。

「いやいや、すぐにできますよ。美幸先生はリズム感が抜群《ばつぐん》ですよ」

「だけど、ドラムって、高いんでしょ。とても、買えませんよ」

「それは、なんとかしますよ。では、ドラムが手にはいればお引き受けくださるということですね」

少し強引だったけれど、とりあえず商談成立といったといったところだ。こんなところで営業マンの経験が役にたつとは思わなかった。

ぼくは、昔のバンド仲間で、ドラム担当だった亮介に相談した。亮介はすぐさま、古いけれど格安のドラムを調達してくれた。

つぎは美幸の猛特訓。日曜日には亮介がわざわざ人吉から教えにきてくれた。

美幸の手には、血豆ができ、肩も腕もぱんぱんにこわばった。

「いやあ、なかなか筋《すじ》がいいっすよ。女の人で最初からこれだけの迫力出せる人は、めったにいないっすよ」

美幸はもともと素直な性格なのか、亮介にほめられてますます練習に励《はげ》んだ。

「シップだらけのわたしの青春」

あるとき、美幸はぼくをにらみながらいった。それもこれも、ぼくのせいだといわんばかりだ。もしかしたら、美幸にのろわれているかもしれない。

とにかく美幸は期待を裏切らず、いや、期待以上にめきめきと上達した。なによりもたのしんでいる姿勢がいい。生徒たちからも、「美幸先生」としたわれている。

ぼくは紅一点《こういってん》の美幸のことを、「ミラクルの母」と呼んだ。

「ちょっと、メンバーの母なんて呼ばれる年じゃありません。リーダーの晴さんなんか、わたしより年上でしょ。せめて、ミラクルのお姉さんとか」

そういいかけて、美幸は吹きだした。

「お姉さんっていう柄《がら》でもないか」

「ミラクルの母がいる。ミラクルの母はてごわい母だ〜」

当時まだ中学部だった悟と弘次は、練習を見にきては美幸のことをそう歌っていた。中学生相手じゃ、美幸もむきになっておこるわけにはいかない。こうして、ミラクルの母は定着した。

だけど、ドラムがはいったおかげで、バンドは見違えるほど迫力がでてきた。

そう、あのころは、みんな筋ジスという難病をかかえながらも、未来に向かってまっしぐらだった。

そうして、その秋、筋ジス病棟での文化祭「くぬぎ祭《さい》」で、ミラクルボーイズは本格デビューをはたすことになった。病院の職員、保護者の手助けで、秋晴れの下、病院の中庭に特設の舞台が作られた。

メンバーは十人。

秀夫が車いすに座ったままマイクを握り、軽快にジョークを飛ばした。

汗を流しながら、ぼくらはビートルズの曲を歌って、ギターをかきならした。

心地よい興奮がぼくの体をつらぬいていた。

「くぬぎ祭」でのデビュー公演を終えた夜。ぼくらは成功を祝って、打ち上げとしゃれこんだ。病院の近くの焼肉屋さん。食べ放題っていうのが魅力の店だ。

秀夫も、日頃おとなしい賢人も、この日ばかりははしゃいでいた。手伝ってくれた職員の人も含めて十七、八人くらい集まったと思う。

「ここへきてよかったです」

賢人が、ぼそりといった。

「半年まえに入院してきたときのおまえ、見ちゃいられなかったもんな」

秀夫が細い手を持ちあげ、いたずらっぽく賢人の肩をつついた。

「へー、そうなんか」

ぼくが聞くと、

「青い顔して、空を見ては、はーっとため息ばかりでよー、まいったなー。こんなぐあいかな」

と、秀夫は芝居《しばい》っけたっぷりの目をして、はーっとため息をつく。

「それまで家、離れたことがなかったから。でも、よこのベッドに口の悪い秀夫がいてくれたおかげで退屈しなくてすみましたよ」

賢人が負けじと切りかえす。

「おっ、なかなかやるじゃない。もう、大丈夫だな。オレなんか、小学校二年のときから入院してるから、すっかりひねてしまって口も悪くなりますよ。なーんちゃってね」

秀夫はぺろりと舌をだした。

「夢みたいだな。こうやって、みんなとバンド組めたなんて」

と、晴さんがしずかにギターを引きよせた。

晴さんは秀夫たち高校生グループよりも十歳以上も年上だ。おだやかな性格をかわれてチームリーダーになったが、みんなのまとめ役として適任だった。

そもそも晴さんのギターに刺激を受けたのだと、保之と祐樹がいいだした。

ふたりとも中学二年の同じ時期に入院していた。

「入院したら、もう、なんにも出来ないのかと思っていました。ところがギターの音が響いてきて、びっくり。指のリハビリになるからといって、さっそく親に買ってもらいましたよ」

祐樹がいった。

「自分もそうです。晴さんのギター、かがやいて見えました。祐樹と競争で練習したんです」と、保之。

「いやあ、オレはさ、声がいいからはじめっからボーカルと決めてたんですよ。夢は歌手だからね」

秀夫がすました顔でつづけた。

「キーボードも中学部で腕がいいってほめられてたし、才能のあるものはたいへんだよ」

「なにいってんだよ。おれの方が秀夫より、ずっと声がいい。のど自慢に出たら、秀夫は鐘《かね》一つで、おれは三つだ」

みんなが口ぐちにいいだした。

「おれだって、ギターのスペシャリストだ。そのうちスカウトがくるぞ。だれか付《つ》き人《びと》やんねえか」

「おまえこそ、おれの付き人だ」

わいわい、がやがや。なんとも、にぎやかな夜だった。

それぞれになんとなく練習していたかれらがバンドを組むようになったのは、同じ筋ジス患者たちがバンド活動しているという話を聞いたからだという。

福岡の大牟田市にあるその病院へみんなで見学にいって、おおいに刺激を受けたらしい。すぐに、自分たちもやろうということになり、秀夫たちが中心になって、昨年結成にこぎつけたという。

秀夫がぼくの方を向いて、ちょっと改まった口調でいった。

「ほんとに我流《がりゅう》ではじめたのに、美幸先生のドラムまではいって本格的に演奏出来るなんて夢みたいです。今西先生のおかげです」

ぼくは頭をかいた。

「いやあ、ぼくのほうこそ、みんなのおかげで、こうしてまたギターを弾くことができて感謝しているよ」

「わたしもね、最初はドラムなんていやだなあって思ったけど、今は快適、ストレス解消になるんだもの」

美幸は横目でちらりとぼくを見た。しかしその目はおかしそうにしていた。

時計の針は八時を指している。みんなを病室にもどしてやらなくちゃ。ぼくは立ちあがって、ちょっと気負《きお》いながらいった。

「ミラクルボーイズ永遠なりだ。これからもよろしく。たのしくやっていこう」

「はい！」

全員がいい返事をした。

ぼくらは、もう一度ジュースで乾杯しあい、おひらきとした。

この日をさかいに、ぼくはメンバーから、「兄貴《あにき》」と呼ばれるようになった。

ぼくは、みんなから頼られる兄貴にならなくちゃと立派なことを考え、おたがいに心を近づけあうことができたと、うぬぼれてさえいた。

筋ジスという病気の重さも知らず、かれらの明るさに、なんの疑いも持たなかった。かれらの苦悩の深さを思いやることもなかった。

もちろん、すべてが順調だったわけではない。練習についていけないと脱落したり、メンバー同士の行き違いもあって多少の入れ替わりはあった。それはどこの世界でもあることだ。

悔しいのは、つづけたくてもつづけることが出来なかったメンバーたちのことだ。

ぼくは、すぐに現実をつきつけられることになる。


「くぬぎ祭」が終わり、数日が過ぎたある日、美幸が職員室で日誌をつけていたぼくのところへかけこんできた。

「今西先生、知ってますか」

「なにをですか」

「だから、秀《ひで》くんのことですよ」

美幸はもどかしげにいった。

「秀夫のなにをですか？　成績ですか。かれなら優秀ですよ」

「そんなの、わかっています」

美幸は口をとがらせた。

「秀くんは、詩人なんですよ。それも、すごくいい詩を……」

「ほう」

「ほら、これ」

美幸はぼくのまえでプリント用紙をちらつかせた。

「あたし、あんまりすてきだったから、国語の大賀先生にコピーしてもらったんです」

美幸は、その場で声にだして読んだ。


『夢（Dream）』

夢《ゆめ》　誰もが一つは持っているだろう
たとえ叶《かな》わなくても
生きる支えになるだろう
夢に大きさは　関係ないけど
大きければ大きいほど

喜びは倍になって
かえってくる

夢を夢で終わらせたくない
だから　僕は
今日も夢を追いかける

小さい頃の　でっかい夢は
歳を重ねるごとに
薄れて消えていった
夢とは叶わないから　夢なのかな
でもそうは思いたくない
夢に限界はないから
夢を夢で終わらせたくない

だから　僕は
今日も夢を追いかける

ぼくは心のなかでもう一度くりかえした。

黙りこんでいるぼくに、美幸がいった。

「ねえ、この詩に曲をつけたらどうかな」

美幸が目をきらきらさせて、ぼくの顔をのぞきこんだ。

「今西先生ならできるでしょ」

美幸は首をすくめてわらった。健康そうな白い歯がのぞいた。


その日アパートに帰りついてから、ぼくは久しぶりに、五線譜《ごせんふ》に向きあった。音符が踊りだすように次つぎに生まれてくる。ぼくのからだは熱くなった。ギターで音鳴らしをする。

いつも冗談をいって、周りの者をわらわせている秀夫。ぼくは、安心して、秀夫のことを見ていた。秀夫も自分のことを普通に見ていて欲しかったと思う。

だけど、みんなが筋ジスという病気をかかえて生きていることを忘れてはいけないんだ。

かれらは、楽譜のページをめくるのさえ、負担なんだということを。

「夢」にこめられた秀夫の想い。ぼくには秀夫の心の底までのぞくことはできない。

でも譜面に向かい、おたまじゃくしを書きつらねていると、いつしか、秀夫の想いがぼくの体内に乗り移っていくような気がした。

出来た！

鉛筆を放り投げると、ぼくはすぐさま美幸に電話をかけた。

「聞いてほしい。ドリーム。秀夫の詩に、秀夫の言葉に曲をつけた」

ぼくの声はうわずっていた。

「弾いて」

歯切《はぎ》れのよい美幸の声がかえってきた。受話器をにぎりなおしたような気配がする。

ぼくは、ギターを電話に近づけた。

ぼくは秀夫作詞の「夢《ドリーム》」をかなでた。

終わると、電話の向こうから拍手の音が聞こえてきた。

「いい、とってもいいです」

美幸がいった。

「ミラクルボーイズ、はじめてのオリジナル曲ですね。うれしい！」

「明日、みんなに披露《ひろう》しよう。おっと、そのまえに秀夫の了解をとらなくちゃいけないな」

「そうですね。じゃあ、もう遅いから、また明日。おやすみなさい」

きゅうに声をひそめて美幸がそっと受話器を置く音が聞こえた。

時計の針は夜中の一時を回っていた。まだ携帯《けいたい》電話が普及していないころだ。すんでのところで、美幸の家族に迷惑をかけるところだった。やれやれ、美幸が起きていてよかった。

それでも、ぼくは気分が高揚《こうよう》して、秋もそろそろ終わりだというのに、冷たいシャワーをあびた。

心地よい興奮に寝つかれないまま、朝を迎えた。

学校につくと、廊下の向こうにいた美幸がVサインをおくってくれた。

「あれっ、今のなんですか？」

たまたまそばにいた保之が目ざとくいった。

「ふふ、あとでのおたのしみ」

美幸は、保之の視線を軽くかわした。

その日の放課後。

「じつはなー」

病院の集会室にあつまったメンバーたちをまえに、ぼくはおもむろに切りだした。

「いままで、ビートルズとかのコピー曲ばかり演奏してきただろ。これからは、自分たちのオリジナルをつくってみようと思ったんだ」

「えーっ、兄貴が作詞作曲するんですか」

保之がいった。

「それもあるかもしれんが、まず、秀夫の『夢』って詩に、曲をつけてみたんだ。秀夫に無断だったので、事後承諾《じごしょうだく》になるんだけど、秀夫、ＯＫしてくれるかな」

みんなが秀夫の顔をみた。

「もちろんだよね」

「どんな曲かな」

「兄貴、早く聴かせてよ」

みんなは口々にいった。

「待て待て、秀夫の返事もらってないぞ」

「いやあ、返事も何も……ぼくも早く聴きたいです」

秀夫はちょっと顔をあからめた。

「よし、じゃあいくぞ」

ぼくは歌いながらギターを弾いた。途中から美幸が歌に加わってくれた。終わると、みんなが拍手した。

「どう、歌いやすそうでしょ」

美幸の言葉に秀夫は大きくうなずいた。

「これから、ひとりひとりの詩に曲つけるからな。つぎはだれにするかな」

「オレ、オレ」

「いや、オレが先だ」

保之と祐樹が身をのりだしてくる。

「兄貴、ミラクルボーイズのテーマソングもあったらいいですね」

賢人がそっといった。

「それ、いいわね」

美幸がとびつく。

それからのぼくは、毎日、曲づくりにはげむことになった。


ぼくは、美幸よりも十二歳年上。美幸の目には、ぼくがどう映っているのだろうといつも気になっていた。

ただのおじさん？　ギターのスペシャリストっていうのは、やっぱしムリか。

ぼくは、美幸のことを思うと、夜中にきゅうに胸が痛くなるのだ。

白状しよう。ぼくは美幸が好きだった。はじめっから好きだった。十年間、東京でいじけた暮らしをしていたぼくにとって、美幸は心やすまる人だった。

しかし、美幸はぼくのことなんか、眼中《がんちゅう》にないみたいだ。

いつも秀夫や、賢人を相手にじょうだんをいい、大声でわらっていた。ぼくは、そんな美幸のすがたを横目でちらちらと見ているだけだった。

そんなとき、秀夫が、ぼくをつついていった。

「兄貴、いいかげん美幸先生に告《こく》ったらどうですか。好きなんでしょ」

「ん、な、なぜ、知っているんだ!?」

「みんな、知っていますよ。兄貴が美幸先生に夢中ってことぐらい」

「ほ、ほんとか!」

「でも、兄貴のその顔を見ていたら、なんだか、ぼくたちまで胸が切《せつ》のうなって」

「生意気いうな」

ぼくは苦笑《にが》いをした。

「成功、祈っていますよ」

秀夫はあくまでもまじめな口調だが、顔は完全ににやついていた。

——えーい、なにか、決め手がほしいな。

ぼくは日夜なやんでいた。

一九九六年夏。

ぼくらのミラクルボーイズは、少しずつレパートリーも増え、順調に活動をつづけていた。

それなのに、この年、最初の悲しい出来事が、ぼくたちを待ちうけていた。

七月になると、秀夫の病室は〝い草《ぐさ》〟の匂いがあふれている。

「おっ、いい匂いだな」

ぼくは汗をふきながら病室にはいっていった。保之が三日ほど練習にこなかったのだ。ちょっと調子が悪いとは、秀夫に聞いていた。

「母ちゃんがいつも、一番に持ってきてくれるんですよ。母ちゃん、むし暑いなかを、い草《ぐさ》を刈るんです。からだのなかが、すーっと洗われていくような空気に、母ちゃんの匂いがまじっているんです」

秀夫はいった。

「そっか、おまえんち、い草《ぐさ》農家だったな」

そういって、なんだか、秀夫の顔がさえないのに気づいた。

四人部屋の入り口に近い一か所だけがカーテンにおおわれ、しんとしていた。人の気配がない。「保之、具合はどうだ?」。ぼくは声をかけながらのぞいてみた。そこに保之の姿はなく、ベッドがきちんとかたづいている。

「保之なら、今朝、個室にうつった……」

秀夫の声がくもっていた。

とっさに、ぼくは息をのんだ。個室にうつるということは、きゅうに症状が悪化したということだ。

「保之の部屋にも、い草《ぐさ》とどけてもらった」

「そうか」

窓際《まどぎわ》のベッドの賢人はぼくと目をあわさず、黙って外を見ていた。

ろうかを歩いていると、保之のうつった個室の前には面会謝絶《めんかいしゃぜつ》の札が下がっている。

やはり容態《ようだい》が思わしくないのだろうか。

看護師さんがあわただしく、その部屋へ駆けこんでいく。

「保之!」

ぼくは事《こと》の深刻さをさとった。

二日後の早朝、保之は息を引きとった。

その日の夕暮れ、保之は、迎えにきた父親に抱かれて、西日のなか病院を去った。

「保之、ようやく家に帰れるんやね」

見送っていた、誰かがつぶやいた。ぼくは、そのことばに、はっとなった。

去年の体育祭、堂々《どうどう》と白組の応援団長をつとめていた保之。

保之の兄も同じ筋ジスの〈デュシェンヌ型〉で、五年まえにこの病院で亡くなったということだ。ふたりとも心不全《しんふぜん》だった。筋ジスのため心臓が肥大《ひだい》し、何度か発作《ほっさ》をくり返し、結局、命が止まった。

ぼくは、まだまだ、この病気のことがわかっていなかった。いや、今でもよくわかっていない。十種類以上の型があり、症状もそれぞれに違っている。個人差もあり、病状がどんどん進行していく者もいる。保之のように……。

ぼくがこの養護学校にきてはじめてむかえたメンバーの死だった。過酷《かこく》な現実をつきつけられ、ぼくはかなり動揺《どうよう》していた。

きょうの練習はどうしよう。かれらの顔を見るのがつらかった。ぼくひとりがつらさを

かかえていたわけではなかったのに……。

美幸がいった。

「みんな、バンド練習する？　保《やす》ちゃんいなくてさみしいね。きょうはお休みにしてもいいわよ」

「……するよ」

おとなしい賢人がはっきりといった。ほかの者もうなずいた。

「なんでも出来るときにしとかんと、明日のことはわからんもんね」

晴さんが、言葉をかみしめるようにいった。

病院の集会室に、ぼくらは集まった。

それ以上だれも保之のことには、ふれなかった。なみだも見せなかった。

悲しいはずだ。晴さんだって、ほかの連中だって。みんな、おたがいの顔を見ることもなく、もくもくと自分のパートに集中していた。

明日のことはわからんという、晴さんのその言葉が、みんなの気持ちを語っていた。

「今西先生、やっぱり、つらいですね」

いつものように練習が終わって、職員の駐車場へ向かう途中、美幸がそういって、わっと泣きだした。

「だって、あの子たち、泣かないんだもの。ぐっとがまんしているんだもの。あたしが泣くわけにいかなくて……」

「そうだな……」

いっしょうけんめいにギターをかかえていた保之のすがたが浮かんでくる。ぼくも、目のおくがつーんとして、あわてて美幸から顔をそらせた。

ハンカチで大きくクシュンと鼻をかんで、美幸は車に乗りこんだ。ぼくは美幸に向かって手をあげると、自分のバイクにまたがった。

風もなく、むんむんと熱気が残る夜の道を、ぼくはバイクを走らせた。

保之が欠けたこの年の冬、ミラクルボーイズにはじめての出演依頼がきた。

同じ西合志町の老人ホーム、「しらさぎ荘」からだった。

このときから、保育士の山本奈央先生がマネージャーとして参加してくれるようになった。そのときは奈央さんはまだ、二十代後半で独身だった。小柄《こがら》な体できびきびとよく動いてくれた。

奈央さんは、しらさぎ荘の人と連絡を取りあって、すべてを準備してくれた。

そのうえ近くの工科大学にボランティアをお願いにいって、当日、四名の男子学生と二名の女子学生がきてくれることになった。

このときから、工科大の学生たちは何かあるたびに手伝いにきてくれる。今もずっとだ。大学の自治会に連絡をすると、張り紙でボランティアを募《つの》ってくれるのだ。

こんなふうに、少しずつ、バンドを支援してくれる輪が広がっていく。

「人前《ひとまえ》に出るのは恥ずかしい」と、メンバーたちのぼやく声がぼくの耳にはいってきた。

「いつもどおりで行こう。くぬぎ祭のときも好評だったじゃないか」

ぼくは普段よりかたくなっているメンバーたちに声をかけた。なにしろ病院以外で演奏するのははじめてなのだ。

しらさぎ荘のホールには、職員を含め五十人以上の人が集まった。車いすのお年よりもいる。それを見て、メンバーたちの緊張がほぐれるのがわかった。

車いす同士、同じ目線だったので安心したのだと思う。

演奏をはじめると、恥ずかしがっていたミラクルのメンバーたちは、日頃の成果を十分に見せることができた。

観客のおばあさん、おじいさんも、体をゆすりながらたのしんでくれているようだ。

ぼくたちはさいごに〈赤とんぼ〉を演奏した。

ひとりのおじいさんが立ち上がって、ぼくらに合わせてハーモニカを吹きだした。すると、職員やボランティアの学生たちもいっしょになって歌いはじめた。

終わると盛大な拍手と「アンコール」の声がかかった。

メンバーたちは、はにかんだような、ちょっとうれしいような顔をしていた。

「それでは、みなさん、ごいっしょに。もういちど、〈赤とんぼ〉をうたいましょう」

リーダーの晴さんがいうと、秀夫がいつも手にしているスティックを指揮棒《しきぼう》のようにふった。

「はい、いきますよ、1、2、3」

お年よりたちも、生き生きした顔をしていた。

「またきてくださいね」

「たのしかったよ」

職員とお年よりたちは玄関先まで見送りにきて、口ぐちに声をかけてくれる。

「わしも、また練習しとくけんのう」

ハーモニカのおじいさんが、そういって手をふった。

こうしてメンバーたちはまた一歩、自信をつけることができた。

かれらは暑い夏も、寒さの冬も、毎日欠かさず練習に励んだ。

ミラクルボーイズは、町民文化祭や、障害者の音楽祭にも積極的に出演するようになり、レパートリーも増えていった。


一九九八年の夏、ぼくと美幸は結婚した。どうやって美幸にオーケーをいわせたかって？

まあ、それは別の機会にでもということで……。

二年後には長男の洋一が生まれた。洋一はミラクルボーイズの演奏を子守歌にすくすくと育ち、ぼくら家族とバンドのメンバーたちはますます絆《きずな》を深めていった。

さて、このへんで語りを秀夫にバトンタッチすることにしよう。

ぼくらは保之につづき俊也、そして守の三人を失った。

そんななかで十周年を迎えることができたのは、晴さん、秀夫と賢人、三年目にメンバーに志願してきた、当時中学生だった悟と弘次の五人がいたからだ。

十周年のあのときを、みんなはどんな想いで迎えたのか、それぞれに語ってもらうのがいちばんいいと思う。

語り・2　秀夫《ひでお》

オレ、藤原秀夫《ひでお》。住んでいるところは、ここS病院。筋《きん》ジストロフィーという難病患者の病棟《びょうとう》だ。

この病気は遺伝子《いでんし》の異常によって筋肉を維持するたんぱく質が働かなくなり、その結果、全身の筋肉が壊《こわ》れ、筋力がじわじわと衰《おとろ》えていく。しかも筋力の低下は手足だけではない。呼吸器や心臓、体のすべてに及ぶ。

そういう運命を背負ってオレたちは生まれてきた。

運命か！　なぜ、オレたちが選ばれたのだろう。いくら考えても答えはでない。

オレのかすかな記憶の底に、い草《ぐさ》の匂《にお》いと重なって、あの日の母の顔が浮かぶ。

オレが筋ジストロフィーという病名と向き合うようになったのは三歳のころだ。正確には筋ジスの中の〈ウールリッヒ先天性《せんてんせい》筋ジストロフィー〉という病名だ。

オレは生まれてほとんど歩くということを経験しなかった。二歳を過ぎたころは、よろよろとではあるが歩いていたときもあったらしい。でもすぐに前のめりに倒れていたというから、歩くうちにはいるのかどうか。

まして、走るという言葉はオレの辞書のどこをさがしてもなかった。

走るって、どういうことなんだろう。

ときどき、そう思うけど、走った感覚がないからわからない。

記憶のなかの幼いころのオレは、座ったままほんの少し左右に動くことしかできなかった。母はいつも、

「そのうちにちゃんと歩いて、かけっこだってできるがね。秀夫はなんでもゆっくりゆっくり大きくなるんやもんね」

といっていたが、内心《ないしん》どんな気持ちだったんだろう。

オレが三歳になるまえ、さすがに母もヘンだと感じてあちこちの病院をかけずりまわっ

た。

最後に熊本の大学病院で受けた診断が筋ジストロフィー。現代の医学では治らない難病。まさに致命的《ちめいてき》。

母はその宣告を受けたあと一週間、誰とも口をきかなかったらしい。そして、あの日、幼いオレに病名を告げたのだ。

あのとき、い草《ぐさ》の匂いの中で、母はあおむけになって空を見あげていた。真夏の太陽がぎらぎらしていた。大きな麦わら帽子を胸においたまま、母はじっと動かなかった。オレはそのそばで何をしていたのだろう。母のすがたしか浮かんでこない。母はしばらくたってから、くるりと起きあがるとオレを抱きあげた。

「秀夫、よう聞き、あんたはね、筋ジストロフィーという病気なの。今の医学では絶対治らんげな。そがんなことがあるもんかね。よかよか、母ちゃんがずっとあんたのそばについとるけん、ぜったいに治るくさ。そいやからあんたもくよくよしたらいかんよ」

オレはなんと答えたのだろう。

そのときは自分の病気のこと、わかるはずもなかった。

ただ、母の、赤黒く火照《ほて》った顔が目のまえに迫り、熱気がオレの顔にふきつけてきたような感触がいつまでも残った。

オレの実家は八代《やつしろ》のい草《ぐさ》農家だ。生まれてから、七年三か月、い草《ぐさ》の匂いのなかで育った。

オレがこのS病院にきたのは小学校二年のとき、それからずーっと、この筋ジス病棟で過ごしている。

入院した日、母はいつまでもぐずぐずとしてオレのベッドのそばを離れようとしなかった。

「よかね、秀《ひで》ちゃん、母ちゃん、いつも会いにくっけんね。さみしがったらいかんよ」

そういって、母は、ベッドに小さくよこたわったオレとおでこをこっつんこした。

「うん、わかっとう」

オレは泣きたい気持ちをがまんした。

「ちゃんと勉強すっとよ」

「わかっとう」

「先生や看護婦さんのいうことをよーく聞くとよ」

「わかっとう。さっきからおんなじことばっかり」

「そっか、そうだよね。母ちゃん心配性やね。離れとっても、母ちゃんはいっつも秀夫といっしょやけんね」

くどいほど、母は何度も同じ言葉をくりかえした。

それまで黙っていた父がぼそっといった。

「我慢《がまん》、すっとぞ」

そういって母の手をつかみ病室を出た。

父も母もオレのこと、手放したくなかったにちがいない。

い草《ぐさ》農家はいそがしい。オレにばかり目がいきとどかないのは、よくわかっている。でも、母が決意したのはそんな理由ではなかった。

問題は、〈ウールリッヒ〉というオレの筋ジスの型だった。呼吸する筋肉が弱くなるという症状があって、幼いころからオレはいつも息切れがしてゼイゼイいっていた。

母はそんなオレの様子をみて、とつぜん呼吸が止まるのではないかと、いつも恐れていたのだ。

そして、二年生になるまえの春休み、ひとりで留守番しているときに、オレは呼吸困難《こきゅうこんなん》におちいった。きゅーっと胸が縮まる感じがして、苦しさにしばらくのたうちまわったあと、オレはぐったりとなった。ちょうどそのとき、母が畑からもどってきた。

母は、青白い顔で身動きひとつせずに廊下によこたわっているオレを発見して、がくぜんとしたらしい。すぐに救急車がきてくれたおかげで、オレは一命を取りとめた。

うまく呼吸ができなくなると、心臓への負担が増していき、心筋梗塞《しんきんこうそく》や心不全《しんふぜん》にもおちいりやすいという。父と母は、考えぬいたあげく、オレを病院にたくしたのだ。

母が帰った後、オレはやっぱり泣いた。ぐしゅぐしゅと枕をぬらしながら、オレはいい子にして、早く病気を治そうとがんばった。

「ぜったいに治るくさ」と口ぐせのようにいっていた母の言葉は耳にこびりつき、魔法のようにオレを支配していた。たぶん母も自分自身に、いつもそういい聞かせていたのだろう。

一生懸命にマットの上を這《は》ったり、リハビリ用の棒につかまりながら立つ練習をしているのに、結果は反比例《はんぴれい》だった。オレのからだはゆっくりと自由を失っていった。

六年生のとき、とうとう人工呼吸器が取り付けられた。おかげでそれまでの息苦しさから逃れることができ、息をするのが楽になった。

それからはずっと、人工呼吸器とのつきあいだ。オレとともに人生を歩いてきたかけがえのない同士、いや、すでにおれの一部だ。

最初、この同士とつきあうのは、ほんとうに大変だった。おおがかりな装置で、小学生のオレは、自分をロボットみたいに感じていた。

いまでは鼻マスク式をつけている。今のところ二十四時間つけていなくてもいいし、外しているあいだは起きて活動できる。操作も簡単になったので、最初につけていた人工呼吸器に比べ、だいぶ楽になった。

ただ、夜だけはみんなこれをつけて寝なくてはいけない。突然、呼吸困難におちいったりすると、命の危険にさらされるからだ。

こんなぐあいに、オレたちは色々なことに慣らされていく。辛いことも苦しいこともたくさんあったけど、どれも耐えた。耐えることが生きることだった。

ルームリーダーの晴《はる》さんは、なにかとオレのめんどうを見てくれた。

そのとき晴さんは、通信高校をすでに卒業していた。ギターは高校の入学祝いだと聞いている。

晴さんは、よくクヌギの木の下でギターを弾《ひ》いていた。

オレはそんな晴さんにくっついて、さびしさをまぎらわした。

両親は約束どおり週末にはきてくれて、車で八代まで連れて帰ってくれた。

そうして、いつしか家で暮らした時間より病院で暮らした時間の方が長くなっていた。

井出賢人《いでけんと》がオレの病室に入院してきたのは十年まえ、ようやくこのS病院併設《へいせつ》の養護《ようご》学校に高等部ができたときだ。

オレはそれまで、熊本県内の通信制の高校で学んでいたが、高等部の開設で改めて入学し直した。十八歳になっていた。

賢人は十七歳。病院生活だってオレの方がずっと先輩だ。

賢人が入院してきた日のことを、今でも思いだす。

「じゃあ、父ちゃん、いくからな」

「うん……」

賢人は声にならない声を発して父の顔を見ていた。心細そうな顔をしていた。

やわなヤツ。最初オレはそう思った。

今までぬくぬくと家で暮らしてきたんだろう。それだけでも幸せじゃないか。

オレは心のなかで舌打ちする。

「桜、きれいだったろ」

よこのベッドから声をかけた。

「おれ、藤原秀夫、よろしくな」

「あ、うん……」と賢人もかぼそい声で、自分の名まえを名のった。

「ここの桜を見るの、十回目だ。病院の正門を入ると、桜の並木《なみき》があっただろ」

「そういえば……」

賢人の視線は宙をさまよっていた。

気づいたような、気づかなかったような。心は父との別れでいっぱいだったのだと思う。

「眠れんとや？」

オレは先輩ヅラして聞いた。

「うん」

「そっか、すぐに慣れるよ」

返事の代わりに小さなため息が聞こえた。

オレはそれきり口をつぐんだ。

賢人は普通の公立の小学校、中学校を卒業して、それからは家にいたという。しかし母親が亡くなったのと、養護学校に高等部ができたことで、入院を決めたということだった。日がたつうちに、だんだんオレたちは打ちとけていった。賢人はおとなしいけれど自分の考えをきちんというし、オレの冗談にもときどきいい返す余裕がでてきた。

オレたちは競いながら勉強をし、教えあい、いつしか、かけがえのない親友になっていた。

賢人の入院以来、オレたちはずっと隣あわせのベッドだ。ときどき、窓際《まどぎわ》のベッドの場所を交代する。

目を向ければ、すぐに空を見あげ、クヌギの葉のそよぎを間近《まぢか》に見られるその場所を特等席と呼び、オレたちは平等に共有したのだ。そこは外の世界にまっすぐにつながっていた。

オレは高等部での入学式を思い出す。病院の桜はすっかり葉桜《はざくら》になり、赤い新芽《しんめ》が青い空に萌《も》えていた。

いつも、ズボンでやってくる母が、この日はベージュのスーツすがただった。

「まるで、母ちゃんが入学するみたいやね」

オレは薄く化粧《けしょう》をしている母をちょっとまぶしげに見た。

「だって、この日を待っていたんよ」

この病院に高等部を設置して欲しいという、患者やその保護者たちの願いがようやく実現したのだ。

オレの心もはずんでいた。新しい教科書は、これからはじまること、未知なる世界がいっぱいつめこまれているんだ。

い草《ぐさ》の匂いに似ていると思う。

十二月に植えたい草《ぐさ》は春にはぐんぐん伸びる。鼻をついてくる草いきれ。

オレはその匂いにかこまれて育った。それは生々しく、強烈な命の匂いだ。

「この教科書、い草《ぐさ》の匂いだ」というと、母がわらった。

「もうすぐ、先刈《さきが》りたい」

「刈ったら、また持ってきて」

「もちろん」

入学式がおわると、母はいつものように、車いすを押しながら病院の庭をゆっくりまわった。

「よか天気ねえ。雨にならんごと、てるてる坊主を作ったんよ。ほら」

母はバッグのなかをチラリと見せた。

「うへー、小学生のごたー」

「だって、待ちに待っとった入学式やもん」

母は汗を拭《ふ》くふりをして、そっとハンカチを目にあてた。

風がやわらかい日ざしを運んでくる。

「あー、気持ちよかー。空も雲も風も光っとる。オレ、生きてるって感じ」

「やっぱし、秀夫は詩人やねえ。なにしろ最優秀賞やもんね」

オレは中学部にはいったころから、自分の想いを言葉にするたのしさをおぼえた。母がくるたびに、つくった詩をそらんじて聞かせていた。

母はじっと耳を傾けて目を細めながら、いつも、

「秀夫は小さな詩人やね」

と、いった。
そして、中学部二年のとき、オレの「お母さん」という詩が、地元のテレビ局主催の「子どもの詩コンクール」で最優秀賞に選ばれた。

お母さん

母さんは
にこにこして病棟にくる
やさしさが顔にあふれていて
ぼくは美しいと思う
ぼくの心は
シャボン玉のようにはねてくる
母さんがいぐさの話をするとき
母さんのひとみは光っている

仕事にほこりをもっているんだろう

ぼくたちは散歩に行く
母さんはすいすいと
車いすをおしてくれる
みなれた風景だけど
母さんがいると変わってしまう

時間が飛ぶように流れる
「じゃ　また　くっけんね」
ふりかえり　ふりかえり
母さんはかえった
ぼくは小さな声で
「母さんのカツカレーはうまかったよ」

と、言ってみた

母はくりかえしくりかえし、何度この詩を口にしたことだろう。

「この詩は、わが家の宝もんたい。母ちゃんね、一生、にこにこしていようって思うたんよ」

母はくしゃくしゃになったハンカチをバッグにしまいこんだ。

「ほんとに、今日はうれしか。なんだか、母ちゃんの心もシャボン玉になって、秀夫といっしょに空に飛んでいくごたー」

「あれ、父ちゃん、おいてきぼりやんか」

「あら、ほんなこつ。あらあら」

母はわらいだした。

「この前さ、オレと母ちゃんが海でおぼれてたら、どっちば助けるねって、父ちゃんに聞いたと。そしたら、もちろん母ちゃんだっていうたとよ。しかも、マジメな顔ばしていうけん、かなわんばい。母ちゃんは空に飛んでいくというし、おかしか夫婦やね」

「ほっほっほっほ。はじめてたい、そがんな話。きっと老後ば見てほしかとよ」

母はごまかすように、手をふった。い草《ぐさ》を育てる手は節《ふし》くれだってごつごつしている。

母ちゃん、いまでもきれいかよ。

オレは心のなかでつぶやく。

桜の赤い新芽が少しゆらいだ。

い草《ぐさ》も、安い外国産がはいってきて、経営がたいへんらしい。後継者《こうけいしゃ》問題も深刻だという。

オレは一人っ子だった。

「ぼくのせいで、弟も妹も、いないのかな」

いつだったか、それとなく、オレがたずねたときだ。

「そがんこつ、考えよったとね。ああ、おかしか。子どもは天からの授《さず》かりもん。なるようにしかならんと」

なみだまでながして、母はわらいころげた。

ところで、せっかくの入学式に父はこれなかった。

「い草《ぐさ》組合の集まりがあっけん、どうしてもぬけられんとよ」

母はそういったが、どうも気になった。

父はこのまえ家に帰ったとき、「胃《い》の具合がなんかおかしか」といっていた。顔色もよくなかった。

「父ちゃん、胃はどげんね？」

オレはたずねた。

母はなんでもないふうに明るい声をだした。

「たいしたことなか。もう、食欲ももどって焼酎《しょうちゅう》飲んでご機嫌《きげん》たい。少しくらい調子が悪いほうが、おとなしくてよかとに」

「母ちゃんも、あまりムリせんで。いそがしかときは、こんでもよかよ。ぼくはだいじょうぶやから」

「こら、人を年よりあつかいするな」

母ちゃんは、大きな目でぐっとにらんだ。

「おお、こわ、こわ」

オレがちぢこまっていうと、母は大きな声でハッハッとわらって、車いすをターンさせた。

母は、そういったが、父は胃がんだった。幸い初期だったため手術はうまくいったと、あとになって、ようやく本当のことを教えてもらえた。

オレもいつまでも両親に甘えてばかりはいられない。なんの役にもたてないことが悔しかった。オレがそんなことを口に出したとき、口下手《くちべた》な父がぽつりといった。

「秀夫がおるけん、父ちゃんも母ちゃんもがんばれるったい」

今はその父も元気になって、十周年コンサートの客席で、母といっしょにオレのトークにわらい声をあげている。

オレはこの両親の下《もと》に生まれてきて、ほんとによかった。


ここで、今西先生がいっていた紗絵《さえ》のことに触れておこう。ほんとうは賢人に語ってほしいのだが、あっさり拒否された。まっ、オレが客観的に語るほうがいいかな。

あれは、オレたちのバンド、〈ミラクルボーイズ〉が十周年に向けて、病棟の集会室で練習しているときだ。

窓にヤモリみたいに、はりついているヤツがいた。すぐに去っていくだろうと思っていたが、いつまでもはりついたままだ。オレたちは、それが気になって、すっかり調子をくずしてしまった。

「なんだよ、あのヤモリみたいなヤツ」

日頃、マジメな賢人だがさすがに不愉快《ふゆかい》そうにいった。

今西先生がついに「不審者《ふしんしゃ》がいるので、ちょっと、中止するぞ」と、いって外へ出た。

オレたちは興味しんしん。先生と〝ヤモリ〟のやりとりに耳をそばだてた。五分ほどして、先生が〝ヤモリ〟を連れてもどってきた。

「紹介しよう。矢守《やもり》紗絵さんだ」

みんなが、わらった。

「やっぱり、ヤモリだとよー」

崎田悟《さきたさとる》がすっとんきょうな声をあげた。

「あとは、矢守、いや、紗絵さんの方が呼びやすいかな。自分で説明してくれ」

紗絵は少し頬《ほお》を赤くしてみんなの前に立った。声は元気がよかった。

「えっと、矢守紗絵、高三《こう》でーす。実はバレーの練習のとき、回転レシーブやりそこなって、右足首にちょいとヒビがはいったらしく、この病院の外科に三週間ほど入院していました。ようやく、ギプスが取れたので、少し歩いてみようかなと……そしたらみなさんの演奏が聞こえたんで、つい、のぞいちゃいました。すみません」

紗絵はぺこりと頭をさげた。

「それでな、紗絵さん、バンドに参加したいんだと。みんな、どうかな」

先生がそういうと、

「よろしく、お願いしまーす」と、紗絵はまた、ぺこり、頭をさげた。

オレたちはおたがい顔を見合わせた。悟なんて、今にも飛びあがりそうにうずうずしている。

「ボクはいいと思いますよ」

みんなの声を代弁するかのように、リーダーの晴さんが、おだやかにいった。

「質問！」

悟が手をあげる。

「バレーって、あの踊るバレーですか、白鳥の湖みたいなの」

「ばーか、白鳥の湖が回転レシーブするかよ」

病棟で悟と漫才コンビを組んでいる山下弘次《こうじ》がいった。

「へっ、わかってらー」

悟は弘次に向かって舌をだした。

まあ、こういうわけで、オレたちミラクルボーイズに紗絵が加わったのだ。紗絵はガールだけど、まあ、いいか。

みんな、どこか落ちつかなかった。ムリもない。オレたちだって青春まっただなかなんだ。マジメ人間の賢人までもそわそわしていた。

「こら、賢人、しっかり譜面《ふめん》を見て」

ミラクルの母のゲキが飛ぶ。ミラクルの母っていうのは、美幸《みゆき》さん、ドラム担当だ。

美幸さんは、ここの病院で栄養士をしていたが、今西先生が、バンドに引き込んできた。そして、とうとう今西先生は、自分の妻へと引き入れてしまった。先生にいわせると、美幸さんが飛びこんできたんだと。

その話になると、オレたちはニヤニヤ。今西先生が十二歳も年下の美幸さんに、猛烈《もうれつ》にアプローチしたことは、みんな承知ずみだ。

なんでも美幸さんに土下座《どげざ》までしたといううわさが病棟内に広まっていたが、今西先生の名誉《めいよ》にかかわることなので、これ以上はひかえて紗絵に話をもどそう。

だんだん、オレたちと紗絵の声が、うまくハモリ出したと思ったら、一週間もしないうちに紗絵は退院してしまった。ちょっと、いや、おおいにがっかり。

ミラクルボーイズ十周年記念コンサートまで一か月をきっていた。練習にくるとはいってたけど、なんといっても高校生だし、やっぱりムリだろうな、と、誰もが思っていた。

ところが、紗絵は約束どおりに土曜、日曜の、午後の練習にちゃんときてくれたのだ。練習に一段と弾《はず》みがついたのなんのって。もう、誰もヤモリなんて呼ばない。「紗絵ちゃん、紗絵ちゃん」とアイドル並みだ。

そして、紗絵もミラクルボーイズ十周年の晴れの舞台にたつことができた。

賢人が紗絵のことを好きなのはわかっていた。オレはだれにもそのことをいわなかった。賢人は何事《なにごと》にも控えめだ。だから、とても自分の気持ちを紗絵に伝えるなんてできっこなかったのだろう。

紗絵は、十周年のコンサートが終わると、勉強に専念するといって、ぱったりこなくなった。賢人のがっかりした顔をみるのはつらかった。

オレたちは筋ジスという難病患者だ。だからといって恋をあきらめることはないんだ。そういいたかったけど、いえなかった。オレも以前恋をして別れを味わっていたからだ。オレは、賢人の切れ長《なが》の目を見ながら、ふつうだったら賢人はかなりもてていただろうなと思った。

そろそろ、このへんで賢人にバトンタッチをしようかな。紗絵のことを語るかどうか、オレにはわからない。

語り・3　賢人《けんと》

「どうだ、少しは慣れたか？」

父がいった。

「うん。少しは……」

おれは言葉少なく答えた。

「おまえが、おらんようになって、ジョンもさびしがっとうばい。車いすのまわりをくんくんかぎまわってな」

「ちゃんと、散歩つれていきようね」

「ああ」

ジョンはおれが幼稚園の年少のとき、拾った犬だった。田んぼのあぜ道でくんくん鳴きながらおれに近よってきた。手にのるくらいの仔犬《こいぬ》だった。色は茶色、タヌキのような顔をしている。足だけが四本とも白く、ハイソックスをはいているようだった。

あのころ、おれはジョンといっしょに走りまわることができた。しかし、年長になったころ、おれはすぐに体のバランスを失い、転んでばかりいるようになった。しだいに、ジョンの速度についていけなくなっていたんだ。

転んだときにとっさに手で支えることもできない。もろに顔を地面に打ちつける。顔や体のあちこちに青いあざがふえていった。

おれが転ぶと、ジョンは戻ってきておれの顔をペロペロなめた。ついでになみだもいっしょになめてくれた。痛いからなみだが出たのではない。ジョンといっしょに走れないのが、悲しくて悔しくて、ひとりでになみだがこぼれ落ちたのだ。

おれはまだ知らなかった。筋肉がしだいに衰《おとろ》えていくことを。両足、両手、体中にじわじわとその範囲が広がっていくことも、おれの自由に動く部分は狭《せば》められていくということも。

「筋《きん》ジストロフィー」という病名がおれの両親に告げられたのは、おれが小学校にあがる直前だったらしい。小学生の間、両親はその病名をおれにかくしていた。

ランドセルをせおってはしゃぐおれ。それを見つめる父と母は、なぜか赤い目をしていた。

その頃のおれはまだ、ゆっくりゆっくり歩くことができた。小学校は歩いて十五分くらいのところにあったが、おれの足では一時間かかる。

小学四年生だった姉の美菜《みな》に手を引かれながら小学校にかよった。ジョンがすぐに、ついてきたそうに、クーンクーンと鳴き声をあげる。ときどき、こっそりと途中まで連れていったりした。

「姉ちゃん、タンポポ、綿毛《わたげ》」

美菜は、口を大きくふくらませ、ふーっとふいた。

「願いごと、いうとよ」

美菜はおれに、タンポポをわたした。

「姉ちゃんはなんていうたん」

「ふふ、ないしょ。人にゆうたらききめがなくなるもん」

「じゃあ、ぼくもないしょ」

おれはジョンにむかって白い綿毛を吹きかけた。ジョンが大きくくしゃみした。

「ははは、きっと、鼻がむずむずしたとよ」

美菜がわらった。

「ごめんね、ジョン」

おれはジョンの頭をなでた。

おれはあのとき、ジョンがいつまでも元気でいますようにと、願いをこめたのだ。

「賢《けん》ちゃーん」

隣の家《うち》の矢島良夫《やじまよしお》が走ってきた。いつもこの三人で学校にいくのだ。きょうは、良夫が「先にいってて」と、いったから、こうして途中で遊びながら良夫を待っていたのだ。

「さ、帰るとよ、ジョン。父ちゃんに知られたら怒られるけんね」

そういうとジョンは立ちどまり、うらめしそうな顔をしておれたち三人を見送った。

だけど、この日家にもどったジョンはまた、父に見つかってしまった。

「犬は放し飼いにしたらいかんち、何度もいったやろ。美菜もわかっとるはずぞ」

父に厳しく叱《しか》られて、それ以降ジョンは勝手気ままに外出できなくなった。

一年生は早く授業がおわる。おれは教室で美菜がくるまで待っている。そのあいだ、いつもジョンの絵を描いていた。良夫もいっしょに待っていてくれるときもある。

そのころから、おれは少しずつ、歩くのもおぼつかなくなった。

「なんで、ぼくだけ、こんなに歩けんのやろう」

両親もだれも答えてくれない。いつもはよくおれとしゃべってくれる美菜までが、用事を思い出したかのようにその場を立ち去ってしまう。

さすがのおれも、聞いてはいけないのだと気づいた。だから、おれはジョンにいう。ジョンはぺろぺろとおれの顔をなめた。

おれが四年生。三年間、おれの登下校を助けてくれた美菜は中学生になった。

「賢ちゃん、一人じゃむりやね」

美菜は心配そうにいった。

「だいじょうぶ、ジョンといく」

「まだわからんの。犬は家につないどかないかんとよ。もう」

美菜はあきれたように口をとがらせた。

「母さんがいくからよかよ。今まで美菜のおかげで大助かりやったから」

「でも、母さん、体だいじょうぶ?」

美菜は、もともと肝臓《かんぞう》が悪い母の体調を気づかった。

「平気。最近、とても体が軽かと」

結局、いきがけは良夫と近所の六年生の女子ふたりがつれていってくれることになった。

帰りは母がジョンのひもを引っぱってむかえにきてくれる。

おれはこうして小学校卒業までを過ごした。

そして、卒業式も間近《まぢか》にせまったある日。

「中学になれば、もう、良夫ちゃんに甘えられんわね。良夫ちゃん、バスケット部にはいるんやろ」

「わかっとう」

おれは下を向いた。母のいうことはわかる。中学校まで四キロあるのだ。みんな自転車通学をしている。

母はおれに、養護《ようご》学校をすすめた。

「どうして？　おれはひとりでも歩いて行く。もっと早起きすればよかとやろ。五時でも四時でも起きられるけん。勉強だって、みんなに負けとらん」

その夜、父と母はおれの病気のことをはじめて口に出した。両親にしたら、おれに告げるのはできるだけ先に延ばしたかったのかもしれない。

おれは「筋ジストロフィー」という病名を聞いてもピンとはこなかった。

今は歩けても、その内に歩けなくなるということが、実感としてわかなかったのだ。

「うそやろ？　歩くとが人より遅かだけじゃろ」

そう問いかけると、母はおれの顔から目をそらした。父は黙っていた。

つぎの土曜日、おれは良夫についてきてもらって町の図書館にいった。

むつかしい説明が並んでいて、よく理解できない。おれたちはなるだけわかりやすく書いてある本を探しだした。それによると、筋ジストロフィーにも十種類以上の型があり、症状もそれぞれに違うようだった。

その日帰るとすぐに、母に問いただした。テレビを見ていた美菜も寄ってきた。

「母さん、おれは何という型なんね。よっちゃんと図書館で調べてきたとばい」

母はおれの訴えにうつむいていたが、しばらくして顔をあげた。顔色が悪かった。でも、おれは聞きたかった。

「そうやね。この病気と一生つき合っていかないかんのは賢人《けんと》自身やもんね。かくご、決めとかんとね」

美菜がほっとしたように母を見てうなずいた。美菜はおれより先におれの病気のことを知らされていたという。

「わたしが中学になったときやったかな。でも、なんとなく近所のおとなたちの話からわかっとったよ」

おれは〈デュシェンヌ型〉といって、筋ジストロフィーの中ではもっとも発生頻度《ひんど》が高いし症状も重いという。男子に多く発生するというが、遺伝子《いでんし》の異常だけでなく突然変異《とつぜんへんい》もあって、まれに女子にも発生するということだ。

でも、歩けるうちは歩きたい。

「そがんでも、みんなと同じ中学にいきたか。良夫と、はなれとうなか」

母のため息をせつない思いで聞きながら、おれは縁側《えんがわ》へ這《は》っていった。すぐにジョンが走ってきた。おれの手をぺろぺろなめた。

「なあ、ジョン、おまえはよかな」

なんど、この言葉をつぶやいたことだろう。そのたびにジョンは、もうしわけなさそうに、だらんと尻尾《しっぽ》をさげ、上目《うわめ》づかいにおれを見あげるのだ。

その夜、おれは、ジョンのせなかに乗ってかけまわっている夢を見た。

小柄《こがら》なジョンが大きくなっていた。オオカミのようにたくましくさっそうとしていた。

ウオー。

ジョンは空に向かって一声《ひとこえ》おたけびをあげると、風をきってかけだした。

おれはジョンの首輪をしっかりとつかまえ、からだを前のめりにさせて、ジョンといっしょに飛んでいく。

びゅーん、びゅーん。

あっという間に目の前に中学校の校門が見えてくる。

ジョンがぴたりと止まる。

キキキー、ブレーキの音がして、ぴかぴかの自転車がよこに止まった。

ヘルメットをかぶった良夫がにっとわらっている。

「賢ちゃん、行こう」

良夫はおれのカバンを自分の肩にかけると自転車を押しはじめる。

おれは良夫と並んで歩きだす。

ゆっくり、ゆっくり、いつものように。

ところが、校門の前でとつぜん、からだが動かなくなった。ほかの生徒たちはおれの右から左からどんどん校門をくぐっていく。

良夫がさけんだ。

「賢ちゃん、どうしたん？」

おれは足を前に前に運ぼうとする。でも足は石のようにかたまっていた。


目がさめた。全身が汗びっしょりだ。

夢のことはだれにも話さなかった。

ただ、毎日のようにおれはいいつづけた。

「良夫と同じ中学へいきたい」

ついに父がいった。

「よし、わかった」

役場《やくば》勤めの父は、自分の息子だけが特別扱いになるのをためらっていたらしい。

「あんまりわがままいわん賢人がこれだけいうとだけん、わたしたちもがんばらんば」

母もいってくれた。

それからの父と母は何度も町の教育委員会に足を運んでくれた。そして、とうとう家族が送り迎えするという条件つきでオーケーがでたのだ。

おれはすぐに隣の良夫に知らせにいった。

あの日、おれたち家族はバンザイの連発だった。ジョンもしきりに尻尾をふっていた。

母は張りきって運転免許を取った。

「ほーら、母さんだってちゃんと免許とれるとよ。これも賢人のおかげやね」

母のほこらしげな顔、いまでも忘れることができない。

中学校での生活は良夫が中心になってささえてくれた。三年間、良夫といっしょのクラスにしてもらえたのだ。

だが、病状は進行していき、どんなにがんばっても自力で歩くことは困難になってしまった。中学二年の秋には、とうとう車いすを使うことになった。

三年の校舎は三階にあったが、学校のはからいで、おれのクラスだけ一階にしてもらえた。ただ図工室と音楽室だけは二階にあり、階段を上がらなければならない。そんなときはクラスメートが四人で車いすごと運んでくれた。これも良夫が決めてくれたことだ。

体育はずっと見学だったが、スコアボードをつけたりすることで、参加できた。

忘れることができないのは、毎年十二月にある全校一斉のマラソン大会だった。

一年生は五キロ、二年生は十キロ、三年生は十五キロを走る。女子はそれぞれの半分だ。

このときもおれはみんなの順位を書きつける役目だった。

ところが三年のとき、良夫が、車いすを押して走るといいだしたのだ。

良夫は毎年、五番以内に名を連《つら》ねていた。

「そがんことせんだって、良夫はひとりで走ったらよか。今年こそ優勝ねらっとるとやろう。おれ、応援しとるが」

「いや、いっしょに走ろう」

良夫はがんとしていいはった。すぐに、担任の先生に相談にいった。

ふたりは、一年生の五キロコースを走ることになった。

「ようつかまっとけよ」

最初は、良夫も軽快に走っていたが、次第におくれだした。

女子のいちばん最後ともずいぶんと離されているようだ。

「なあ、賢ちゃん」

「なん、よっちゃん」

ふたりは、幼いころのよび方にもどっていた。

「もう、あまり、賢ちゃんといっしょにおられんごとなる」

「わかっとうよ。よっちゃんは高校に行くんやけんね」

「おれ、賢ちゃんといっしょに行きたかった」

「ムリムリ、ここまでこれたのもよっちゃんのおかげたい。マラソンにまで参加できるとは思わんやった。一生の思い出ばい！」

「そがんゆうてくれて、よかった」

良夫は、額《ひたい》の汗をぬぐった。

「そら、ファイト！」

うしろからかけ声がした。担任の山科有子《やましなゆうこ》先生が自転車で追いついてきた。

「げっ、先生、ずるかー」

「なに、いってんの。井出《いで》くんを参加させたいって、矢島くんがいいだしたんでしょ。ほら、特別の差し入れよ」

山科先生は、おれたちにペットボトルの水を差し出した。

あのときの水、おいしかった。そしてゴールでのみんなの拍手。おれには忘れることのできない日だった。

良夫は高校卒業後、福岡の大学へ進み、それから、就職して東京へいった。

大学のころは帰省《きせい》すると、病院まで会いにきてくれたけど、この数年、会うこともなかった。社会人になって忙しいのだろう。

少しずつ、良夫との世界が別れていく。多分、おれが障害者でなくても、人の生きる道はどこかで違っていくのだと思う。

おれは、おれ。ここで、秀夫《ひでお》や仲間に出会えた。おれはハッピーだ。だけど、そう、ハッピーと思えるまで何年かかっただろう。


舞台では秀夫のトークがつづいていた。

「思いだしますね。このミラクルボーイズの結成のころ。そもそも、なりたちを申しますと、この病棟《びょうとう》に高等部ができたことからはじめなくてはなりません。ぼくたちは希望に燃えていました。もちろん勉強も、みんなだいすきでした」

どっとわらい声があがる。

「そこへ赴任してきたのが、熱血《ねっけつ》教師の今西智彦《ともひこ》でありました」

「おいおい、てみじかにたのみますよ」

先生は、頭をかきかきいった。

「はいはい、オレたちは兄貴と呼んでいますが、ここでは尊敬の念をこめて先生と呼ばせてもらいます」

また、客席からわらい声。

「今西先生は高校のころからこの熊本でバンドを結成、夜《よ》な夜《よ》な遊びまわっていた不良少年でした」

「こら、秀夫」

先生がたまりかねて、声をあげる。

「まあ、プライベートなことは抜きにして、ぼくたちはこの先生のもとで、ちゃんとしたバンドを組むことになったのです。そして、そのころは花の独身女性、みんなのあこがれの的《まと》、美幸《みゆき》先生がその美貌《びぼう》と歌唱力を買われ、ボーカル指導ということで参加してくれました。ところが、この美幸先生、たしかに歌もうまかったんですが、それ以上に腕力がすごく……」

「おいおい、あとでこわい目にあうぞ」

リーダーの晴《はる》さんがいう。もう、場内は爆笑のうずだ。

「それで、これはぜったいドラムだと、全員一致のすいせんで。まあ、きょうもいちだんとたいこの音が軽快に、じゃなく、どっしりとひびくことでしょう」

「もう。いくわよ、ワン、ツー、スリー、フォー」

間髪《かんぱつ》いれず、美幸さんがスティックでドラムをたたいた。美幸さんのためにいっておこう。リズムカルで軽やかなひびきだった。

晴さんがギターを鳴らす。秀夫とおれと弘次《こうじ》は歌いはじめる。みんな、この日のために、毎晩練習してきたんだ。

姉の美菜が亜優《あゆ》を連れてきてくれている。亜優は、二歳になったばかりの姪《めい》っ子だ。おれは美菜が結婚できて心からうれしかった。自分のせいで、姉に縁談《えんだん》がなかったら、と、ずっとおそれていたのだ。

母の兄にやはり筋ジスの者がいて、十代で亡くなっているということを、以前、母から聞いていた。つまり、おれは遺伝性らしい。

母はそのことをずっと気にしていた。

「なーも、そがんことなか。そんなに気にやむけん、おまえの病気も悪くなるったい」

父は母をいたわっていった。

良夫やほかの子どものように走ることもできず、よろよろと転んでばかりのおれ。おれがもっとしゃんとしていれば、母は苦しまなくてもすんだのかもしれない。

たしか小学五年生のときだったと思う。

父はおれの頭をなでながらいった。

「賢人、学校たのしかか？　いじめられとらんか」

「だいじょうぶ、よっちゃんがおってくれるし、先生も、みんなもやさしかよ」

「ほんとよ、あたし、このまえ、小学校の先生に会いにいって、ついでに賢人の教室をこっそりのぞいたばってん、賢人のまわりには友だちがおってね、賢人、にこにこしとった」

姉の美菜もそばからいった。

「えーっ、姉ちゃんいつきとったん？」

「へへ、知らんかったやろ。このまえの水曜日たい。あれで、いじめられとるなんていったら、ぶっ飛ばすばい」

「こえー」

おれは首をすくめた。

父は笑顔になった。

「母さん、賢人はたのしんどるたい。父さんも、賢人が生まれてきてくれてうれしかったぞ。よかったな、母さんにも感謝せんば」

母は泣きそうな顔でうなずいた。

「そうやね、くよくよしちゃいかんね」

それから、母の顔は少しずつ明るくなった。

母が亡くなったのは、おれが中学を卒業して、二年後だった。自分がムリさせたとおれは思っている。もっと早く病院へ入院すれば、母の負担は軽くなっていたのかもしれない。母はもともと肝臓が悪かった。おれの世話をするのは、もう限界だったのだと、いまになって思う。

役場勤めの父、短大一年の姉。

そのふたりをまえにして、おれは筋ジス患者の病棟があるS病院に入院する決意を告げた。十七歳のときだ。併設《へいせつ》の養護学校に高等部ができたと聞いたからだ。

父はだまってうなずいた。

美菜は、「ほんとによかとね」と、おれの顔をのぞきこんだ。

「うん。姉ちゃん、いままでありがとう」

「そげん神妙にいわれちゃ、面食《めんく》らうじゃなかね」

笑いとばそうとした美菜の顔がきゅうに泣き顔になった。

おれはあわてていった。

「ジョンのこと、たのむね」

「まかしとき」

ジョンは十三歳、高齢犬になっていた。目もよく見えないようだ。話がわかるのか、よたよたとおれにすりよって、いつものようにぺろぺろと手をなめた。

そのジョンも三年後、おれの高等部卒業を見届けるようにして、息を引きとった。

父が仕事から帰ってきたとき、ジョンは小屋のなかによこたわっていたという。

「ジョン」と父が声をかけてもピクリともしないので、ようやく父はジョンの死に気づいた。

「ほんなこつ、眠っとうみたいやった」

おれはだまってうなずいた。

姉の美菜は、短大卒業後、農協《のうきょう》に勤めていたが、そこで知りあった吉永正志《よしながまさし》さんと結婚して、今は父と暮らしている。父がひとりにならなくてよかった。

その美菜が、ミラクルボーイズの十周年記念のコンサートに正志さんと亜優を連れてきてくれたのだ。

「賢ちゃん、負けたらいかんよ」

いつも、そういって励《はげ》ましてくれた美菜は、おれにとって母親代わりだった。

控え室で、美菜はおれの髪をやさしくくしでなでつけてくれた。父はおれの細い小さな足を、立つことの出来ない足を、太い手でマッサージしてくれた。

おれは、その温《ぬく》もりを抱きしめたまま、ステージで歌っている。

「次の曲は、ぼくたちの仲間のひとり、井手賢人くんの詩に今西先生が曲をつけました。『空』です。井手くんの胸に広がる空は、どんな空でしょう。どうか聴《き》いてください」

リーダーの晴さんが紹介する。

「ワン、ツー、スリー、フォー」
美幸さんのかけ声。

空は青くて大きい
果てしない無限へと続く
今日の空の　青さや大きさは
俺に何を教えているのだろう
嫌なことがあったとき
心の中で空に語りかけると
つまらないことに　こだわってた
俺の心が見える
そうして嫌なことや
辛いことも忘れられる
自分が　大きく強くなれそうだ

空は強くて優しい
俺の心を安らぎに誘《さそ》う

今日の空の　強さや優しさは
俺に何を伝えているのだろう
悲しいことがあったとき
空は何も話さないけれど
つまらないことに　こだわってた
俺の心を変える
そうして頑張《がんば》れと
勇気づけてくれる
空に顔をあげ　優しく強く生きてゆけ
空に顔をあげ　優しく強く生きてゆけ

急《きゅう》きょ参加した紗絵《さえ》が、最後の二行をソロで歌ってくれた。

空に顔をあげ　優しく強く生きてゆけ
空に顔をあげ　優しく強く生きてゆけ

澄《す》んだソプラノ。紗絵はおれの気持ちを汲《く》んで歌ってくれた。心にしみた。

高等部に入学して、病院生活をはじめたおれだったが、なかなかなじめずに、いつも自分の殻《から》に閉じこもっていた。

母さえ生きていてくれたら……。何度思ったことだろう。父は、毎週、土曜日に迎えにきてくれた。帰宅しての楽しい時間はあっという間《ま》に過ぎて、日曜日の夜にはまた、病院へもどってこなければならない。

そのときのおれは、自分のことしか頭になく、数人のクラスメートたちは、もう、何年も自宅に帰宅していないことに、気づいてもいなかった。

佐々木伸治《しんじ》はそんなひとりだった。おれは自分がうらやましがられているなんて考えてもみなかった。入院生活の長い伸治は何かにつけて、おれをからかった。

「ぼうや、また、泣いているの。ママが恋しい、恋しいよー」

そうさけんで、すばやく電動車いすで走り去るのだった。

新参者《しんざんもの》のおれには言いかえすことばもなかった。

あとで知ったのだが、伸治には帰る家がなかったのだ。かれの母親は伸治が筋ジスとわかったときに家を出てしまっていた。父親は伸治が小学校へ入学する前に、ここへ入院させた。そして見舞いにくることもなく、再婚し、それきりということだった。

「ほっとけよ。アイツも、悪気《わるぎ》はないとやけん」

秀夫は伸治との病院生活が長いから、かれのことをよくわかっていたのだ。

秀夫のなぐさめが、かろうじておれを支えていた。学年はいっしょだが、一つ年上の秀夫は、こんなふうにおれに何かと声をかけてくれた。

あのころのおれ、ほんとにネクラだった。ひとりで、車いすを動かし、病院の庭に出た。

桜の木の若葉がやわらかくそよいでいた。

空は、もっと上にあった。まぶしかった。

ジョンの影が空の向こうに浮かんでいた。

おれの心を見透《みす》かしているようだった。

——優しく、強く、生きてゆくんだよ。

ジョンはずっと、そう、おれに語りかけてきた。おれはいつも空を見あげるようになった。

毎日、空の色も、浮かんでいる雲も変わった。一瞬一瞬が、二度とめぐってこないことにおれは気づいた。

その詩が出来たのはそれから一年後、高校二年のときだ。兄貴、つまり今西先生がその詩に曲をつけてくれたときは、言葉にはできないほど、うれしかった。


世界にたったひとつのおれの歌。おれの歌が十周年コンサートに流れた。

歌が終わって、紗絵がちょっとはにかんだようにお辞儀《じぎ》をした。

おれはこのときの紗絵のことを、一生忘れないだろう。

ブラボー、声がかかる。割れるような拍手。

姉の美菜も正志さんも拍手している。二歳の亜優までが小さな手をたたいている。
父が目をおさえていた。
おれの胸に、なんともいえない温かいものがこみあげてきた。

語り・4　リーダーの晴久《はるひさ》

ぼくはメンバーの中では一番年長者だ。かれらが高校生バンドをくんだとき、ぼくはオブザーバーとして、練習に参加した。いや、頼みこんでさせてもらったというのがほんとうのところだ。

ぼくは〈クーゲルベルグ・ヴェランダー病〉といって、筋《きん》ジスと類似の症状なので同様に扱われている。比較的進行の遅い病気だ。

姉が三人いて、はじめての男の子だったので、ぼくはずいぶんと期待されたらしい。親戚一同に赤飯が配られたそうだ。それなのに、ぼくはみんなの期待をうらぎってしまった。

とにかく発育が遅れていた。三歳を過ぎても歩けなくて、這《は》ってばかりいたらしい。

検診時の保健士さんのすすめで、大きな病院にいって、すぐに病名がわかった。四歳のころ、ようやく歩きはじめたが、よく転んだ。このへんはみんなと共通している。親類にも一人として筋ジスのものはいない。ぼくだけがふってわいたように生まれつき、この病気をかかえこんでいた。突然変異《へんい》ってことらしい。

実家は花農家だ。家族ぐるみで栽培している。ぼくは、両親と三人の姉とそれから一つ違いの妹、それに花に囲まれて幸せに暮らしていた。

ぼくが小学校へ入学してまもなく、父が交通事故で亡くなった。母は大黒柱《だいこくばしら》になって、家を支えた。

五年生になったときに、車いすを使うことになり、中学入学を機にS病院の筋ジス病棟《びょうとう》に入院することにした。自分で決めた。同時に病院内の付属養護《ふぞくようご》学校に転校した。

それまでの小学校で、特にいじめられたという記憶はない。ただ、ぼくの歩き方をまねしたり、こそこそと陰口《かげぐち》をいわれているようで、決して、明るい学校生活といえなかったのも事実だ。

ぼくがギターを弾《ひ》きはじめたのは中学卒業のときだ。通信制の高校への進学も決まり、家族で話し合ってプレゼントをしてくれた。

「兄ちゃんは手先が器用だけん、すぐにうまくなるよ」

妹の由紀子《ゆきこ》がセーラー服すがたでギターをかかえてきていった。

「すごかー」

ぼくは抱きかかえるようにしてギターを受け取った。家族の心づかいが、うれしかった。

「いそがしゅうして、なかなかこれんでごめんね。母ちゃんも姉ちゃんたちもみんな元気にしとうけんね」

由紀子はそういって帰っていった。由紀子は忙しい母にかわって、妹ながら、よく、ぼくの面倒を見てくれた。

小さいころから「兄ちゃんのおよめさんになるとよ」といってぼくになついていた。

入院するのを決めたときも、由紀子は反対した。

「なんで、そがんとこにいくとね。うちがおるけん、兄ちゃんのそばにおるけん、いかんでもよかじゃなかね」

そういって、まっかな顔をしてわあわあと泣きつづけた。

由紀子が帰ると、ぼくは早速、弦をつまびいた。ボロロン、いい音色《ねいろ》だ。由紀子は『初心者のためのギター』という本も置いていってくれた。

同室のみんなが、ぼくをうらやましそうに見ていたのに気づかなかった。

「よかねえ、おれはそんな力はなかけん」

真向《まむ》かいのベッドの佐山くんが声をかけてきた。確かに、ぼくは病棟のみんなより腕の力もあった。佐山くんは中学部を卒業していたが、高校に進んでいなかった。そのころまだ高等部はなく、ぼくは県内の高校の通信教育を受けることにした。

佐山くんも誘ってみたのだが、佐山くんは勉強してもなんにもならないといった。

「どうせ死ぬんやから」

そう、人はみんな、どうせ死ぬ。ただ、この病気の者は、ふつうの人より、早く死がやってくる。

ぼくたち筋ジスの患者は、子ども病棟、大人病棟にわかれていた。どちらにも、五十人以上の患者がいた。そうして、毎月のように、誰かに死が訪れた。

でも、すくなくともぼくにとっては死はまだまだ、遠いものだった。

ぼくは車いすを動かしながら、散策できた。クヌギの木の陰で、ギターの練習に励《はげ》むことができた。あの、小さかった秀夫《ひでお》が、いつもぼくのそばにくっついていたのに、今じゃみんなの先頭にたっている。

ミラクルボーイズ十周年。いろんなことがありすぎて、ぼくの両の手のひらではすくいきれないほどだ。去っていった仲間、命が消えた仲間、新しくメンバーにはいってきた仲間。みんなの顔がぼくの頭をかけめぐる。

ぼくは二十五年間を過ごしたこの病院を、三十八歳の時に出た。

アパートでのひとり暮らしをはじめたのだ。十周年コンサートの三年前だった。

自立したい。ぼくの長年の願いがかなった。

筋ジスで亡くなった宮田保之《やすゆき》くん兄弟の父親が、障害者のための授産施設《じゅさんしせつ》をはじめたのだ。

ぼくは今、その授産施設「サン工房」で十時から午後の三時まで働いている。

「サン工房」。サンは、太陽のサンだ。

ぼくはその名まえが気にいった。ぼくも明るくかがやいていたい。

旅立ちの日は、秋晴れ。

ぼくは、サン工房の近くのアパートに引っ越した。

由紀子が手伝いにきてくれた。

「ほー、ここが、兄ちゃんのお城やね。うちに比べるとちっちゃかけどね」

由紀子は憎まれ口をききながらも、車で必要なものを買ってきてくれた。

母は元気だけど、もう八十歳近い。三人の姉たちは結婚して家を出ており、今では由紀子が主になって花の栽培をおこなっている。

「大助かりやったばい。持つべきものは妹たい」

妹を感謝の言葉で送りだし、改めて室内をながめまわした。

1DK。全然せまさを感じない。

これからはぼくひとりで、なんでも使っていいんだ。

玄関の入り口にはスロープをつけてもらったので、車いすでなんなく中に入れる。

ベッドを置いて、トイレと風呂場も段差なし、とにかく車いすで生活できるようにすべてを改造してもらった。ベランダにいくのでもスロープがあるので、洗濯物だって自分で干《ほ》せる。

これは、ミラクルのマネージャー、山本奈央《なお》先生とボランティアの畑中《はたなか》さんが、交渉してくれたおかげだ。

つくづく思う。段差によって、ぼくらは社会から阻害《そがい》されている。介助《かいじょ》なしで自由に仲間と外出して、映画や買い物、おしゃれなレストランに入って、おいしいコーヒーを飲むことができたらどんなにいいだろう。

そんなささやかな願いはいったい、いつになったら実現するのだろう。

メンバーだった祐樹《ゆうき》はアメリカへ旅立った。かれの手紙によると、住んでいるバークレーという町は、車いすでも自由に動きまわれる、障害者にやさしい町らしい。

ぼくも今のところ、ひとりでなにもかもやっている。そりゃあ、掃除なんか、やっぱり大変だ。でも、できるだけがんばってみようと思っている。

サン工房へ通いだしてから、パソコンの技術もならった。簡単な印刷を請《う》け負《お》ったり、和紙で、コースターや箸《はし》おきを作ったりしている。

十時から三時まで、あっという間《ま》に過ぎてしまう。

働くってなんとたのしいんだろう。ここは筋ジスだけじゃなく、いろんな障害をかかえている仲間がいる。元気いっぱい、みんなが大きなかがやく太陽だ。

初めての給料をもらったときは、感激でいっぱいだった。すぐに、家に電話をした。

母がでた。

「よかったねぇ」

母は心からうれしそうにいった。

なにかプレゼントしたいといっても、母はきかなかった。

「貯金しとき、せっかくのお給料やから」

だけど、ぼくは、由紀子がきたとき、母へのスカーフをわたした。これを選ぶときは、美幸《みゆき》さんについていてきてもらった。

それは、薄い紫のスイートピーの柄《がら》だった。

「ちいっと、かわいすぎんかな」

「ううん、晴《はる》さんち、スイートピー作ってるんでしょ。お母さんのえりもとで、いつもお花が揺らいでいるの。きっと、すてきよ」

母は、そのスカーフをじっと見て、

「こんな大事なもの、つかえんよね」

と、いって仏壇《ぶつだん》にそなえたと、由紀子がわらっていった。

「そのうち、お線香臭《せんこうくそ》うなるね」

由紀子がいったら、

「これは、あたしがあの世にいったとき、お父さんにみせるとよ。晴ちゃんのおくりものばいって。お父さん、きっと、うらやましがるやろうね」

と、母はぽーっと頬《ほお》を赤くしていったそうだ。

「まるで、恋人にもろたみたいだったよ」

由紀子はそう、ぼくに報告してくれた。

ぼくが正月に家へ帰ったとき、母はそのスカーフをセーターのえりもとにちらりとのぞかせていた。

「派手じゃなかかね」

照れたようにいいながら、母は目をこすった。

ぼくが帰ったあと、母はスカーフをまた仏壇の父の写真にかけていると、由紀子が報告してきた。

あるとき、いつになく由紀子がまじめな顔でいった。

「兄ちゃん、いつでも家に戻ってきていいとよ。しんどくなったら、あたしにだけはいうてよね」

由紀子の言葉はありがたかった。でも、それに甘えていたら、ぼくは自分を見失いそうだ。

「おれのことより、さっさと嫁にいかんか。いつまでも母ちゃんに心配かけて」

「母ちゃんならもうサジ投げとる。姉ちゃんたちがちゃんと孫の顔も見せて親孝行しとるけん、もうよかよ。いうたやろ、あたしは兄ちゃんのお嫁さんになるって」

「ばーか、ちっこいころのことを持ち出して、貰《もら》い手のないのをおれのせいにすんなよ」

「へへっ」

由紀子は舌をぺろりとだした。

ぼくのアパートは病院から電動車いすで二十分ぐらいのところにある。

仕事が終わると、いったんアパートに帰り休息をとる。その後、毎日この車いすで、病院へ通う。もちろん、ミラクルボーイズの仲間とバンドの練習をするためだ。

車いすは地面に近いから、夏は地面の熱気がむあっとくる。

冬は逆に底冷《そこび》えがする。風も冷たい。由紀子が編んでくれたマフラーを首にまきつける。

雨降りには傘《かさ》をさして車いすを動かす。暗い夜道《よみち》は、懐中《かいちゅう》電灯をつけて帰るようにしている。

まさに〝雨ニモ負ケズ、風ニモ負ケズ〟かな。

病院ではミラクルの仲間が待っている。今西先生も美幸さんも、それから幼い洋一《よういち》ちゃんも、きてくれているんだ。

ぼくたちは、練習に励んだ。


こうして、ぼくはミラクルボーイズ十周年コンサートを迎えた。

音楽は、もう、ぼくたちとは切っても切れない分身だった。

リーダーとして挨拶をするぼくを、ガーベラの赤とピンクの花束を手にした由紀子が、観客席から身をのりだすようにして見ていた。

語り・5　今西先生再び登場　コウとサトについて語る

山下弘次《こうじ》と崎田悟《さきたさとる》、通称コウとサトは、中学部からの漫才《まんざい》コンビ。病棟《びょうとう》内の人気者だ。今はともに二十歳《はたち》の青春まっさかりだ。

ここで、おおいに自分たちのことをアピールするようにいったんだけど、マジメに話をするのは苦手だから、つつしんでご辞退したいということだ。

そこで、ぼくが急《きゅう》きょピンチヒッターで登場、ふたりのことを紹介することにしよう。

ぼくは、ふたりが電動車いすを自由にあやつり、病院内の庭をかけまわっているのをたびたび見かける。

昼食前はよく、病院の売店でカップメンを五つも六つも仕入れているらしい。これは売店の春井《はるい》さんからの情報。かれらは自分たちの分だけでなく、病院の食事にあきてしまっている他の者たちからも頼まれているのだという。

「おもしろいんですよ、ふたりとも。『焼き豚ラーメン大盛《おおもり》一丁《いっちょう》、手八丁《てはっちょう》。おまけを三つ四つ願います』なんていってね」

春井さんもふたりのファンなのだ。

患者の誕生日のお祝いは病院内のレストランを借り切っておこなうのが恒例《こうれい》なのだが、そんなとき、ふたりには毎回出演依頼がくる。春井さんもちょくちょく、顔をのぞかせているということだ。

「だって、ライブで見られるとよ。ふたりの掛け合いがホントおもしろくって。いつもわらいころげてるとよ」


成人式のときのことを話すのが一番いいかな。

この年の一月、ふたりは病院で成人式を迎えた。いつものミラクルの練習場所、この集会室が成人式の会場だ。

コウもサトも生まれてはじめて背広《せびろ》を着て、車いすにすわったまま壇上《だんじょう》にいた。病院長や学校の先生の祝辞《しゅくじ》のあいだは、さすがに神妙《しんみょう》な顔をしていた。コウとサトの母親が、小さな花束をそれぞれにわたした。それは花農家の晴《はる》さんの実家からその日の朝、届けられたものだ。ところが、お礼の言葉をいうようにいっておいたのに、ふたりはいつもの掛け合いをはじめてしまった。

サト：もしもーし、コウくん、コウくんですか。

コウ：そうやけど、なんの用？

サト：なんの用って！　用がないと、電話したらあかんという法律でもあるんか。

コウ：そんなことないけど、とにかく、オレ、忙しいんやから。用があるなら、はよ、済ませて。

サト：いや、べつに。

コウ：なんや、なにもないんか。

サト：いや、成人式、おめでとうっていうつもりやったんやけど、えらい忙しそうやから、今度にするわ。
コウ：今度っていつや？
サト：そうやな、来年の今日にする。
コウ：またえらい遅すぎるやないか。なんなら今からでもいいんやで。
サト：そうか、いってもいいんやな。
コウ：ああ。
サト：おこらんといてな。
コウ：しつこいな。はよういってくれよ。何度もいうけど、おれ、忙しいんや。
サト：わかった。じゃあ、いうよ。コウくん、成人式おめでとう。いよいよ、おとなの仲間入りやね。がんばってな。
コウ：なにを、がんばるんや。
サト：そりゃあいろいろ。ミラクルもだし、勉強も。それに、えーと……。
コウ：わかった、カップめんを食べることもがんばらんとあかんな。大人やもんな、よし、今日から三つ食べることにするわ。

サト：あーあ、情けないヤツやな。もっと真剣に人生考えてみぃ。キミには悩みってもんがないんか。
コウ：そりゃあぼくだっていつも悩んでるで。カップめんはキムチ入りがいいか、やっぱし焼き豚入りやな。いや高菜《たかな》入りも捨てがたいな。
サト：もう、知らんわ、勝手にせぃ。
コウ：そうそう、サト、なんで忙しいか思い出したわ。おれも、おまえに用があったんや。それで、朝からおまえをさがしてたんや。
サト：そっか、それでなんなんや。
コウ：それはな、へへ、サトくん、キミこそ成人式おめでとう。ふたりはいつもいっしょだよ。いち、にぃ、さん！
コウとサトは声をそろえた。
「おれたち、ふたりそろって成人式、父さん、母さん、家族のみんな、ミラクルの仲間たち、病院のみなさん、どうも、ありがとさんです」
ふたりは花束を持つ手をふった。

黄色い菜の花がゆれた。春の香りだ。

ふたりの家族は少し目をうるませ、それでも力いっぱい拍手をしていた。

漁師であるサトの父親からお祝いの鯛《たい》が届けられた。日焼けしてたくましい体つきのサトの父親は、息子の頭を無骨《ぶこつ》な手でなでた。同じようにコウの頭もなでると、

「これからもよろしゅうな」といった。

コウの顔がほころんだ。

一週間ほど前、ぼくは美幸《みゆき》と相談してふたりにTシャツをプレゼントした。くまのプーさんの柄《がら》で、コウがブルー、サトがエンジ色だ。ふたりはそれ以来、このTシャツをユニホームにしている。今日ももちろん、それを着こんで十周年のステージに立っている。


そうだ、祐樹《ゆうき》のことも話さなければ。宮田保之《やすゆき》が亡くなったとき、一番仲のよかった祐樹はすっかり気力を失った。練習にも出てこなくなり、とうとうメンバーを離れた。

ぼくらの説得も功を奏《そう》さなかった。ミラクルにいると保之を思い出すからいやだというのだ。祐樹は筋《きん》ジスのなかでも〈ベッカー型〉といって比較的軽症なので、活動を続けて

くれるものだと期待していたのだが、どうすることも出来なかった。

祐樹はしばらくの間、ひとりでぽつねんとしていたが、やがてパソコンに向かうようになった。多くの人とネット上でしゃべれたことが刺激になったようだ。

英語の勉強も始めた。かたときも英会話のテキストをはなさず、熱心にラジオの語学番組に耳をかたむけていた。

そして、ハッピーな結末が待っていた。祐樹はこの病院を巣立っていったのだ。向かったのは、アメリカ・カリフォルニア州のバークレーという町だ。

しかも祐樹は、看護師の彩《あや》ちゃんをさらっていった。どうも彩ちゃんが祐樹のことを励《はげ》ましているうちに愛が芽生《めば》えたらしい。

バークレーは人口も十万を超えるぐらいの、そう大きくない都市だが、アメリカ合衆国ではもっとも進歩的な、障害者の住みやすい町だと聞いている。

歩道は無論《むろん》、店やレストランにも段差がなく、どこにでも車いすで行けるらしい。バスもリフト付きというから驚く。障害者は「パーソナルアシスタント」といって、国や自治体の補助で介助者《かいじょしゃ》を雇用《こよう》し、自立した生活ができるそうだ。

アメリカに渡った祐樹は、カリフォルニア大学バークレー校に入学した。そこでは、たくさんの障害者が学んでいる。ゆくゆくは社会福祉を専門にしたいという。祐樹からのハガキに、そう書いてあった。

祐樹は自分の可能性に挑戦した。それがみんなに希望を与えたのも事実だが、みんなは複雑な気持ちだったろう。

でもやっぱりすごいことだ。

ぼくらはひそかに、ふたりの旅立ちを祝福する歌をつくって、病院を去るまえに、祐樹と彩ちゃんを集会室に呼んだ。

ふたりはうっすらとなみだを浮かべ聴いていたが、最後はぼくらの演奏に加わった。

「祐樹、たのしんでこいよー！」

「彩ちゃんと仲よく、幸せにな！」

「がんばれよ！」

「しっかり勉強するとぞ！」

ひとりひとりが祐樹に声をかけた。みんなは多分、自分の気持ちを押し殺し、仲間の門《かど》出《で》を祝ったのだと思う。

一方で悲しい出来事もつづいた。

筋ジスにはまだ有効な薬がない。今の医療には、進行を遅らせることしかできないのだ。ひとり、ひとりとメンバーが欠けていくのを手をこまねいて見ていることしかできないのが、なんとも歯がゆい。

富岡守《まもる》。

ミラクルボーイズの名付け親。

誰よりもミラクルボーイズに愛着を持っていた男。

かれのスマイルは最高だった。

今でも、きっと天国からみんなを見守りつづけているだろう。


十周年記念コンサートも後半になった。

きょうばかりはコウとサトも熱心に自分のパートに集中している。

秀夫《ひでお》のトークはわらいを誘っている。賢人《けんと》も、いつもより軽妙に秀夫に受け答える。

晴さんは年《とし》の功《こう》、落ちつきを取りもどし、美幸のドラムは疲れもみせず、威勢がいい。
ぼくらの四歳になる息子、洋一《よういち》も初舞台。途中から登場し、小さなドラムをたたく。
この調子だと時間をオーバーしそうだ。
天国からふんわり舞いおりてきて、ほほえみながら客席にすわっている守が見える。

語り・6　ぼくは富岡守《まもる》

そう、ぼくは母さんの胸に抱《いだ》かれている写真の人物。そして、もう、この世にはいない。

一時期ぼくは、すごく死をおそれていた。メンバーのなかで、二年目に宮田保之《やすゆき》くんが二十歳で亡くなり、その次の年、松山俊也《としや》くんが二十一歳で亡くなった。

ふたりともぼくと同じ年、なんとなく、つぎはぼくのような気がしていた。

最初の二年間、ぼくは結構元気にミラクルボーイズの活動に参加していた。だけど、宮田くんや松山くんのように、どんどん病状が進行していった。

松山くんが亡くなったころ、ぼくは二十四時間ベッドによこたわったまま、ほとんど寝たきりの状態になった。

指一本、動かせない。

言葉を発することもできない。

車いすに座ることもできない。

寝返りもひとりではできない。

食事も食べさせてもらわないとできない。

ハミガキもトイレも、なんにもひとりじゃできない。

生きている意味がない。

ないないづくしのぼく。

これがゲームならどこかに活路《かつろ》を見いだせるのに。

家族やまわりの人に迷惑をかけるだけのぼくの人生、早く終わりにして欲しいとさえ思った。

この病気に対する治療法はまだない。せいぜい、進行を遅らせるだけなのだ。

筋《きん》ジスのバカヤロウ！

生きること自体が苦しくて地獄のようで、ぼくの心はもがきあがいていた。

熱いなみだを流れるままにまかせた。

唯一《ゆいいつ》、ぼくにできることは、集会室でみんなの練習を見ることだった。

秀夫《ひでお》が、バンドのマネージャーを兼ねている保育士の山本奈央《なお》先生に頼んでくれたんだ。

「名付け親のきみがおらんと、ミラクルははじまらんやろ」

秀夫《ひでお》はいった。

高等部が出来るまえ、同じ年ごろのメンバーでバンドを組もうという話になったとき、名前を何にしようかとみんなで考えた。

そのころ、ぼくはひとりの野球選手にあこがれていた。その年はかれが大活躍し、チームをリーグ優勝に導いた。

リーグ戦も終盤《しゅうばん》になり、三チームが混戦《こんせん》状態だった。日替わりメニューみたいに、首位が入れかわった。

かれのチームはそのとき、三位。その日一位のチームと対戦し、負ければ優勝争いから脱落ってところだった。九回、二死満塁、かれは逆転のホームランを打った。もちろん、お立ち台のヒーローインタビューはかれだ。かれは頬《ほお》を赤くして語った。

「奇跡《きせき》は、ミラクルは、待っていてもこないんです。自分で引き寄せるものだとぼくは信じています」

そういって、かれは観客に帽子をふった。かっこよかった。ぼくはしびれた。

「〈ミラクルボーイズ〉っていうのは？」

と、手をあげたぼくの提案に、みんなが賛成してくれた。

秀夫は、そのことをずっと大事に思ってくれている。

奇跡を引き寄せよ！　そういってぼくを励《はげ》ましてくれているんだ。

夕飯を食べ終わると、看護師さんたちがぼくをストレッチャーにのせ、集会室に連れていってくれる。奈央先生が、つきそってくれることもある。今西先生と美幸《みゆき》さん、メンバーたちはそれぞれのパートに座って、ぼくがくるのを待っていてくれる。

晴《はる》さんはギターの音合わせに余念《よねん》がない。今西先生は、サトの手に鉛筆をにぎらせる。これでキーボードに触れるのだ。

秀夫は楽譜をチェックしている。コウはいつもの動物の絵柄《えがら》のパジャマすがただ。

ぼくはこの時間を何よりもたのしみにするようになった。しだいに心の痛みがやわらいでくるようだった。

奈央先生がいつもティッシュでよだれを拭《ふ》いてくれる。

「ワン、ツー、スリー、フォー」

美幸さんのかけ声で練習がはじまる。

秀夫が、愛用の細い棒をふってぼくに合図した。

「おまえもいっしょに歌うんだよ」

ぼくは音楽がすきだ。みんなの演奏するすがたを見るのもすきだ。

ぼくは気管を切開《せっかい》していて声が出せない。ぼくの喉《のど》からは「あーうー」という、しぼりだすような声しか出ない。からだを揺らすこともできない。それでも、心は揺らすことができる。

それにぼくの耳は聞こえる。目も見える。ぼくにできることが、まだあるんだ。ぼくの世界はまだまだ、広がっていけるんだ。

そうだ、ぼくも歌おう。そう思ったとたん、ぼくの心はみんなと歌っていた。

その瞬間、ぼくは生きていると思った。

秀夫は歌いながら、ときどきぼくのほうを見ていた。

――だいじょうぶか、つかれないか。

そんな秀夫の気づかいをぼくの心はとらえていた。いつも秀夫のまなざしを感じ、ミラクルの仲間といっしょにいる幸せを感じていた。


この町の図書館に併設《へいせつ》してある天文台に行こうって、だれかがいいだした。だれだったかな。晴さんかな。晴さんはときどき、図書館に通っていたから。

「夜空の星が見れるんだ。すごい望遠鏡があるんだよ。もともとの観測日は土曜の夜なんだけど、平日に障害者のグループを受け入れてくれるんだよ」

やっぱり晴さんだ。ミラクルの練習中にギターを弾《ひ》く手を止めて、急に思いついたようにいいだしたんだ。

「すごいじゃない。善《ぜん》は急げよ。さっそく計画たててみて。わたしはさすがに、ね」

来月出産を控えている美幸さんは大きなお腹《なか》をさすりながらいった。美幸さんのお腹のなかには洋《よう》ちゃんがいたのだ。

「そうだな、今回はぼくらは遠慮するけど、、ぼくからも病院に働きかけてみるよ」

今西先生がいった。

みんな大賛成、降ってわいたような話に興奮のおももちだ。

晴さんがミラクルのマネージャーでもある奈央先生に相談すると、とんとん拍子《びょうし》に話は進んだ。

天文台ツアーは八月の第四月曜日、図書館側の好意で閉館日に行われることになった。すぐにボランティアが集められた。いつも、ミラクルボーイズのコンサートにきてくれるたのもしい助《すけ》っ人《と》たち。

ぼくはもちろん、参加できるとは思っていなかった。比較的症状の軽い者たちじゃないとムリだと、わかっていたからだ。その計画が、実はぼくのためだったなんて、知るはずもなかった。

その日、夕食が終わって秀夫がぼくの部屋へやってきた。

「やあ、たのしんでこいよな」

ぼくは、くちびるを動かした。

秀夫はくちびるの動きだけで、ぼくのいっていることを理解してくれる。

「おまえも行くんだよ」

秀夫がいった。

「そんな、ムリだよ」

ふたたび、ぼくはくちびるで伝える。

「おまえと星を見たい」

こんなときの秀夫はいつもぶっきらぼう、照《て》れている証拠だ。

そのとき、看護師の石田さんが病室のドアを大きくあけた。ボランティアの人たちがストレッチャーを運んでくるのが見えた。

「ほら、秀《ひで》くんは邪魔《じゃま》でしょ。さっさと、玄関にいって。もう、ワゴン車がきてるはずよ」

「はーい。じゃあ守《まもる》、待っているからな」

秀夫は車いすを動かしながらぼくに向かって目くばせをした。

病院を出るときは、薄暗かった空が、すっかり闇につつまれていた。

図書館では、館長さんとインストラクターの青年が出迎えてくれた。

「ようこそ、今晩はとても空気が澄んでいます。きっと、たくさんの星に出会えるでしょう」

館長さんはそういって、ぼくたちを障害者用のエレヴェーターに案内してくれた。

「このエレヴェーターで屋上の天体観測場まで行けます。ただ、口径《こうけい》四十センチの大きな望遠鏡がおいてあるドームまでは、エレヴェーターを下りてから狭い階段を昇らなくちゃなりません。車いすではムリなんです。ほんとうにもうしわけありません」

館長さんは頭をさげた。よこからインストラクターの青年、丸尾《まるお》さんがにこにこしながらいった。

「それでも、たくさんの星が見れますよ。ほんとうは冬の夜空の方が、空気がぴーんと張っていて星がきれいなんですけど、今夜の空もすがすがしい。みなさんの心がけが、よほどいいのですね」

「へーい、ラッキー」

コウが指を突きだしたので、みんながわらった。

一人ずつ、車いすごとエレヴェーターにのりこんだ。

ぼくは最後。ストレッチャーから畑中《はたなか》さんのがっしりした腕に移され、しっかりと抱きかかえられた。

屋上には、すでに移動式の望遠鏡が数台運びこまれていた。

先に到着していた秀夫や賢人《けんと》たちは、早速、珍しそうに望遠鏡をのぞきこんでいた。

「夏の夜空は『夏の大三角』といって、南の空に白鳥座のデネブ、こと座のベガ、わし座のアルタイルがちょうど三角のかたちに結ばれています。ほら、あそこ、大きな三角形ですね」

「うん。あれだ」

サトがはずんだ声をあげる。

「どこだよー、はよう、代わってくれー」

コウが車いすをサトのにぶつけんばかりにして首をふっている。

「こらっ、ケンカしないのよ」

奈央先生がふたりのあいだに割って入る。

「コウくんは秀くんの次に並んで。順番よ。星は逃げていかないから」

「ベガは織姫《おりひめ》、アルタイルは彦星《ひこぼし》です。今夜はみなさんのためにとくべつにきれいにかがやいていますね」

丸尾さんが背をかがめて、空を指さしながら説明してくれる。

ぼくは、望遠鏡を覗《のぞ》くことも出来ない。畑中さんにかかえられたまま、空を見あげた。

なんときれいな夜空なんだろう。

病院から出たのは何年ぶりだろう。それだけでも、ぼくの心ははじけていた。

「あー、うー」。ぼくは声を発した。

「ほら、あの一番大きく光っているのが木星なんだぞ。肉眼でもこんなに見えるんだから、よかったな、守くん」

畑中さんが、そう言った。ぼくをかかえたまま、どんなにたいへんだっただろう。その額《ひたい》に汗の粒が光っていたような気がする。

だけど、そのときのぼくは、そんなことを考える余裕もなく、きらきらとかがやく星空に酔《よ》いしれていた。

ぼくの目には織姫も彦星もちゃんと映っていた。何万年、何億年も前の光がぼくの目に届いていた。どんなにがんばっても、人は星のようには長くは生きられないんだ。

あーっ、流れ星がはしった。

ぼくは、もう過去形でしか話すことができない。

ぼくがこの世を去って、もう四年の月日が流れた。ミラクルボーイズは結成十周年の記念コンサートをむかえたのだ。

ぼくはメンバーの演奏と、秀夫のトークをじっと聞いている。

いつもとおんなじ。秀夫のジョークで会場がどっと沸《わ》いている。

ぼくは仲間に出会い、いっしょにバンドをやれたことを誇りに思っている。

ぼくは生まれてきてよかった。

十周年、みんな、おめでとう、おめでとう。

母さんがぼくの遺影《いえい》を胸にかかげ持ったまま、小さな吐息《といき》をもらし、ぼくの耳に聞こえるようにつぶやいた。

「守、みんな、がんばったね。あんたの分もがんばっちくれたんよ」

最後に、アメリカにいる祐樹《ゆうき》からのメッセージを、マネージャーの山本奈央先生が読みあげた。

「ミラクルのメンバー、十周年おめでとう！　おれもバークレーでがんばっているぞ。へこたれそうになったら、みんなのことを思い浮かべているよ。集会室でおれと彩《あや》のために別れの演奏会を開いてくれたことを。ほんとうに、よう、ここまでこぎつけたな。つぎは二十周年を目指せ、ファイト！　それまでにはおれもいちど里帰りをするつもりだ、ミラクルボーイズの仲間のところに。みんなとの再会をたのしみにしてるぞ。約束だぞ」

奈央先生の声がホールのすみずみにまでひびきわたった。

照明があかあかと舞台を照らす。

拍手の鳴りひびく音を聞きながら、秀夫の肩からふーっと力がぬけていくのがわかった。

四か月もかけて自分たちで準備したコンサートだもんだな。

予定より三十分もオーバーしていた。筋ジストロフィーの患者にとって、体力の限界だった。トークを受け持った秀夫にはなおさらだっただろう。

秀夫が少し、頭をのけぞらせている。

井手《いで》賢人は客席に向かって軽く手をふった。

「秀夫」

「おー、賢人」

二人の目と目が見つめあっていた。がっちり握手したいところかもしれない。しかし、ふたりにはそんな握力はない。

「みんな、よう、がんばったな」

今西先生が肩からギターをはずした。

「大成功だよ」

リーダーの晴さんもにこにこしていた。

ボランティアの人たちがすばやくドラムやキーボード、マイクなど舞台のものをかたづけはじめた。

幕は下りなかった。そう、ミラクルの幕はいつも下りないのだ。

でも、ぼくが見届けることの出来たのはそこまでだった。視界がふっと消えた。
ぼくの遺影は、母さんの風呂敷につつまれた。

語り・7　美幸《みゆき》――紗絵《さえ》ちゃんとの再会　二〇一二年六月八日

「何年ぶりかな、熊本駅におりるの！　でも、すっかりモダンな駅になってますね。これじゃ、浦島太郎と同じだわ」

そういって紗絵《さえ》は改札口から出てきた。白のパンツに紺のジャケットすがた。

「ここは新しくできた新幹線の駅なのよ。九州新幹線が去年開業したでしょ。在来線の方は、通路わたってあっち。以前とそう変わらないわよ」

紗絵はキョロキョロと辺りを見まわしている。

「おっ、いたいた、くまモンだ」

紗絵は、お店にぶら下がっている〈くまモン〉のキーホルダーを手にとった。

「おい、きみ、〈ゆるキャラさみっと〉でグランプリなんだって、すごいな。うん、なかなか、いけてる。よし、これ、えーと、十個ください！」

勢いよく紗絵はキーホルダーを指さした。

それからわたしの顔をちらりと見て、へへっといった。

「ミラクルのみなさんへのお土産《みやげ》、いえ、お守りかな」

包みを受け取ると、紗絵はわざわざわたしの方を向いてちょっと改まった口調《くちょう》でいった。

「ご無沙汰しております。今日はお呼びたてしてすみません。明日みんなに会うまえに美《み》幸《ゆき》さんとおしゃべりしたくって」

紗絵は神妙《しんみょう》な顔で頭をさげる。わたしはとんでもないといいながら手をふった。

「わたしこそ、紗絵ちゃんのおかげでこうやっておおっぴらに出てこられたんだもの。息抜きできてうれしいわ」

「みなさん、お元気ですか。先生や洋一《よういち》くん、それに、達彦《たつひこ》ちゃんでしたよね。送っていただいた写真、かわいかったですよ」

「達彦ももう三歳、保育園にいっているの。ねっ、他人行儀《たにんぎょうぎ》の挨拶は抜きにして、水前《すいぜん》寺《じ》公園にでも行く？」

「わー、行きます行きます。その前に、お腹《なか》すいたな。熊本ラーメン食べたいな。まだあるでしょ、駅構内の〈うまからーめん〉」

「あるある、相変わらず食いしん坊ね。それで、よく幼稚園の先生やっていられるのね」

「へへ」

紗絵は肩をすくめた。

「じゃあ、とにかく腹ごしらえね」

わたしたちは在来線の方に歩いていった。

〈うまからーめん〉は駅講内にある、カウンター席が八つだけの小さなラーメン屋さん。むかしから人気があった。券売機で食券を買い、いすに座る。

「高校生のころ、列車通学だったんです。部活のあとなんかお腹すいて、ここへ直行なんてしょっちゅうだったんですよ。やっぱり、この熊本ラーメンがなつかしかー。やっぱりラーメンはとんこつでなくっちゃ」

紗絵は、幸せそうにラーメンをすすった。

「まずは目的一つ達成。つぎは水前寺公園ですね」

紗絵は元気に立ちあがった。

外へ出ると紗絵は右手をかざして、目をほそめ空を見あげた。

「きょうは幼稚園の創立記念日の代休なんです。金、土、日と三連休。思いきってきちゃいました」

紗絵は、いたずらっぽくいった。

わたしたちは駅前から健軍《けんぐん》行きの市電にのって水前寺公園に向かった。

紗絵は外の景色をなつかしそうにながめている。

「熊本の街ってちっとも変わっていない。このゆっくり走る路面電車のことを、いつも思っていました。それにどこまで乗っても百五十円というのも相変わらず。すごいですよね」

何年ぶりかのふるさとに戻ってきて、紗絵はテンションがあがっていた。

でも、わたしは出会ってからの紗絵のはしゃぎようが、なんとなく不自然な感じがした。

水前寺公園駅で下車、ここから歩いて数分だ。入園料四百円を払い、園内に足を踏みいれる。

池を取りまく緑が目に鮮やかに飛びこんでくる。木々をよこぎる小鳥の声がする。

ここは正式には水前寺成趣園《じょうじゅえん》といって、熊本藩主細川家の茶屋があった場所だ。富士をかたどった築山《つきやま》、芝生《しばふ》や松などで東海道五十三次《ごじゅうさんつぎ》を模倣《もほう》したといわれる庭園はぐるりと一《ひと》回りでき、広い池には阿蘇の伏流水《ふくりゅうすい》が常にこんこんと湧《わ》き出ている。

「わー、水、透《す》きとおってる。ほら、青い空と白い雲」

紗絵は水に手をひたした。赤や金色のニシキゴイが近寄ってくる。

「向こうで餌《えさ》買わなくちゃ」

紗絵はハンカチで手をふきながら立ちあがった。

ウィークデーなので、人影もそう多くない。女性グループがほとんどだ。

「そんなに熊本がなつかしいのなら、ちょくちょく帰ってきたらいいのに。ご両親だって待ってあるでしょう」

「ええ、ほんとうは大学時代はときどき帰ってきてたんです。でも、病院に足をむけるの、ためらうっていうか、わだかまりみたいなのがあって……」

「どうして?」

紗絵はポツリポツリと話しだした。

「一回だけね、秀夫《ひでお》さんとケンカしたんです」

「えっ、秀《ひで》くんと？　信じられんわ」

紗絵は、社務所《しゃむしょ》のところで買い求めた餌を池にまいた。そうして、しばらく餌に群がるコイたちのすがたを目で追っていた。

「あのとき、わたしがバレーボールの練習でケガしなかったら、秀夫さんたちに会うこともなかったし、筋《きん》ジスという病気も知らないままだったんですね。

全身の筋肉がだんだん衰《おとろ》えていくなんて……。

あの人たちのすがたに、ほんとに、びっくりしました。からだは変形しているし、足はすごく細いし、あのとき、わたしは集会室の窓に張りついて、みんなの演奏を見守っていました。

自分の心臓がぱこぱこと音をたてているのがわかりました。

歌も演奏も上手だとはいえませんでした。それなのに、わたし、目をそらすことができなくって。気がつくと、わたし、いっしょになって歌っていました。仲間に入れてもらえて、うれしくて声を張りあげていました。

その瞬間がたのしいっていうより、なんなんだろう、すごいエネルギッシュな時を過ごしたような……。それまでのわたしの生活のなかで感じたことのないような……」

わたしは、うんうんとうなずいた。

「わかるような気がするよ。わたしもいつもかれらに引っぱられているように感じるもの」

「美幸さんもそうなんですか。だって美幸さん、すっかりバンドの一員として溶《と》けこんでいるじゃないですか」

紗絵は立ちあがって、からになった餌の袋を池に向かって逆《さか》さまにふった。

「もう、おしまい」

そういうと、紙袋を丸めてポシェットに入れた。

わたしは紗絵の次の言葉を待った。

「ヘンですよね、たった一か月、みんなといっしょにいただけなのに、忘れられない存在になるなんて」

「紗絵ちゃんにとって、それだけ大きな出来事だったのね」

紗絵は顔をあげなかった。

「ミラクルボーイズの十周年記念コンサートが終わって、たまたま、集会室に早くきたわたしと秀夫さんがふたりきりになったんです。そのとき秀夫さんは、わたしのことを健常者《けんじょうしゃ》といって差別したんです。それが、とってもさみしかったんです。わたし、メンバーの人たちと、気持ち、共有していると思っていたのに。

——健常者ってなに？

ほんとうに、そんな人いるんだろうか。

たとえば、わたしだって足にギブスをしているときは障害者——。

秀夫さんにそう反論すると、かれはいいました。

『だけど、紗絵ちゃんは、そうやって、よくなって、健常者にもどれるだろう。オレたちは、よくならない。生きているかぎり』

わたしにはちょっときつい言葉でした。

秀夫さんは、それ以上わたしと話したくなさそうだったし、ほかのメンバーも入ってきたので、その話はそこまででした。だから、ケンカといえるのかどうか。ふたりきりで話したのもその一回きりだし……」

ずっとうつむき加減で話していた紗絵が、ようやく顔をあげた。

「でも、なんだか、突き放すようないい方だったし、おまえなんかにはわかんないよーってことなのかなって、そのままずっと考えこんじゃって」

「そうね、確かにわかんないよね。誰だって、自分以外の者にはなれないんだもの、仕方ないよね」

「つぎの日、もやもやした気持ちをかかえて、わたし、ひとりでここにきたんです。学校もサボっちゃいました。広い園内をさまよいながら、なんか、よくわからなくて。あたし、秀夫さんのこと、好きになっていたんです。だから、あんなふうにいわれたの、余計にショックだったんです」

「そっか、紗絵ちゃんは秀《ひで》くんのこと、そんなふうに思っていたんだ。それで引きずっていたのね」

「今はもう、引きずっていませんよ。ただ、結局、秀夫さんのことも、ミラクルボーイズのことも中途半端《ちゅうとはんぱ》で、自分が逃げだしたみたいな気がして……」

紗絵はちょっといいよどんだ。

わたしたちは石橋の上にいた。紗絵の肩までの髪が、少し風になびいた。

ふたりで池をのぞきこんだ。

「フフ、わたしたちの顔も、映っているわよ」

わたしは指さした。

池に浮かぶふたりの顔がゆらゆら揺れている。

「あっ、水の湧き出る音が聞こえてきます。ぼこっぼこっ、ほら」

紗絵は首をかしげた。

「ほんとね。阿蘇の山から地下を通ってきて、こうして湧き出ているのね。これがまた近くの江津湖《えづこ》に流れていって、熊本の人の飲み水になっているの。わたしたち、自然の恵み、いっぱい受けているのね」

ふたりで顔を見あわせた。

紗絵の目が少しうるんでいるように見えた。

紗絵はためらいをふりはらうように、首をよこにふり、口を開いた。

「あたし、たずねたいことがあったんです。美幸さんたちとミラクルの人たちのこと、うらやましくて。どうしたら、そんなに自然な感じになれるのかなって」

「うーん」

わたしは一呼《ひと》吸おいて答えた。

「とくに考えたこともなかったわ。わたしたち、ずっと秀くんたちといっしょに練習してるでしょう。おたがいに遠慮もないし、そう、バンドの仲間としていっしょにいるのがあたりまえなの。なんの違和《いわ》感もないのよ。どうして？」

「あたりまえって、どうしたらなれるんだろう。あたしって、幼稚園の先生に向いていないのかもしれません」

きゅうに、紗絵が声をつまらせた。

「いったい、なにがあったの？　話してみたらすっきりするかもよ」

「ええ……」

紗絵はこくんとうなずいた。

「受け持ちのクラスに体の不自由な女の子が入園してきたんです。先天性股関節脱臼《せんてんせいこかんせつだっきゅう》。みんなといっしょに走りまわって遊べなくて、ひとりでよく絵本を見ています。それが、さみしそうに思えて、いっしょに折り紙しましょうと声をかけても、見向きもしてくれないんです。その子にどう接していいのか、わからなくて」

紗絵は髪をかきむしるようにして頭をかかえこんだ。

「そう……。わたしもね、よく達彦にいわれるの。ママ、本読んでるとき、話しかけないでよって」

わたしは紗絵の腕をとった。

「その子もきっとそうなのよ。絵本に夢中でじゃまされたくないんだと思うわ。紗絵ちゃん、深く考えすぎよ」

「あたし、今度こそ逃げたくないんです。その子に寄りそうことができたらと、そればっかり。あたしが気にかければかけるほど、その子は遠《とお》のいていく気がするんです」

「そうねえ、紗絵ちゃんはその子のことをかわいそうとか、気の毒だとか思っているんじゃない？　どんなに走りまわれても幸せじゃない人はいるし、その子は、足は不自由でも、ほかの人よりもたくさん本を読める幸せを持っているんですもの。その子のそばで、黙っ

ていっしょに絵本を見たらどうかしら？　ムリに自分のほうを向かせるんじゃなくて」

紗絵は、はっと気づいたようにいった。

「そういえば、あたし、その子の後ろすがたしか見ていなかったような気がします。もっと、正面から見ていれば、その子が絵本をたのしんでいたことに気がついたはずなのに」

「もっと肩の力を抜いて気楽にしたら。ほら、こんなふうに」

わたしたちは並んで、ふーっと息を吸いこんで、ゆっくりと吐《は》きだした。三回つづけた。ついでに背伸びもした。

「どう、いい気分でしょ」

「ほんと」

紗絵の顔が少しやわらいた。

「あのね、紗絵ちゃんも正直にいったから教えてあげるわね。秀くん、紗絵ちゃんのまえに好きな人がいたの」

「えーっ」

紗絵は目をまんまるくした。

「智美《さとみ》ちゃんっていってね、かわいい子だったわ。二年間ぐらいつきあっていたかな」

「それで、別れちゃったんですか」

「そういうことみたい。詳《くわ》しくは知らないの、本人同士が出した結論だから。ただね、秀くん、今でもその智美ちゃんのことが好きだと思うの。多分、これから先もずーっと」

「そうだったんですか、わたし、ふられちゃったんですね」

「というか、秀くんは、まだ高校生の紗絵ちゃんにムリしないで欲しかったんじゃない。ほら、紗絵ちゃんはマジメだし、すぐにムキになるとこあるから。秀くんね、ああ見えてもすごく周りの人を思いやるの。照《て》れ屋さんだから逆にきついいい方になったりね」

「あたし、美幸さんと話していて、少しだけ自分の甘さに気がついたような気がします。ひとりで力《りき》んで空《から》まわりしていたんですね。あーあ、落ちこんじゃいます。秀夫さんにふられたのもしょうがないかな」

「よし、えらいえらい、気がついたのなら。とにかく、その女の子とも、普通に接していたら、きっといい関係になれると思うわ。あっ、わたしの方が先生みたいになっちゃったね。ははは」

わたしは軽く紗絵のせなかをたたいた。

「だけど、秀くんってすごい魅力《みりょく》あるわよね。わたしだってすっかりかれのペースにはまってるんだもの。紗絵ちゃんが好きになるのもムリないよ、というより、人を見る目があるってことよ」

「いいですよ、なぐさめてくれなくても。美幸さんはプロポーズ受けたとき、どうだったんですか?」

紗絵に聞かれて、わたしはあっさりこたえた。

「ずいぶん迷ったわよ」

「えっ、そうなんですか。だってとても仲いいじゃないですか」

「そりゃあ、一生のことだし、誰だって考えるわよ。この人についていけるかなって。向こうは三十過ぎてたし、わたしはまだ、二十二歳だったもの。もっと何かわくわくすることがあるんじゃないかなって。

みんながね、かれの気持ちに気づいていて、冷《ひ》やかしていたみたい。賢人《けんと》くんはまじめだからそうでもないんだけど、いちばん厄介《やっかい》なのがコウとサトよ。なにかというと、美幸先生、早くオーケーださないと兄貴は悶《もだ》え死《じ》にしますよってね。それにね、かれったら自分のことは兄貴で、わたしのことは、〝ミラクルの母〟なんて呼ばせてるんだもの。ずるいでしょ」

今西智彦《ともひこ》を夫に選んだときから、わたしは秀くんたちと、ずっといっしょに歩いていくような気がしていた。ほかの道は考えられなかった。

かれはこういった。

「これから先もミラクルとやっていきたい。そんなぼくの気持ち、君ならわかってくれると思うんだ。君の明るさが、なによりもぼくを励《はげ》ましてくれるんだよ」

結婚式のとき、みんなが演奏して、せいいっぱい歌ってくれた。

わたしたちのために秀夫が特別に詩をつくってくれ、夫が曲をつけた。一度きりの演奏。わたしたちのためだからだと、メンバーのみんなは口をそろえた。あのときの感動、忘れることができない。

永遠なんていうと
うそっぽいけど
たしかな今を
ぼくときみは生きている
普通に生きて
普通の幸せ
感じていたい

白いドレスを着て、ドラムをたたきながら、わたしは目からなみだがこぼれ落ちるのにまかせていた。

わたしは紗絵を見つめてうなずいた。

「でも、結婚してよかったと思ってる。ほんとによかったわ」

「わかります。美幸さん、いつものびのびして、たのしそうですもの」

「まあね。紗絵ちゃんも、そのうち好きな人が現れるわよ。あっ、もういるのかな」

「そんなぁ」

紗絵はほんのり顔をあからめる。わたしは気づかないふりをする。

「ただね、ミラクルボーイズっていう、すてきなバンドのこと、たとえ少しでもみんなと共有する時間が持てたことを、紗絵ちゃんがよかったなって感じてくれれば、それがいちばん大事なこと」

「もちろんです。落ちこんでいたとき、ミラクルのことを思いだして十周年のときの写真を見ていたら、たまらなくみんなに会いたくなったんです」

「そっか、それじゃ、なんにもこだわることなんかないよ。熊本にもどってきたときは寄っていきなさいよ。九州新幹線があるし、日帰りだって十分でしょ」

「はい、そうします。明日は、みんなといっしょに歌いたいって思っているんです。美幸さんのドラムに合わせて」

「腕、あげたわよ」

わたしは腕をだして、力こぶを見せた。紗絵はさわりながら、「きゃー、固いー」と、まるで高校生のように喚声《かんせい》をあげた。

三人のおばさまたちのグループが、怪訝《けげん》そうに横目でちらちらとわたしたちを見ながら通りすぎた。

「明日は秀くんやミラクルのメンバーたち、大喜びよ、きっと。紗絵ちゃんはなんてったってアイドルなんだから」

「あたし、二十周年のときにも、仲間に入れてもらえるかなあ。なんとしても都合をつけてきたいな」

「明日、直接メンバーに聞いてみたら。だれもいやなんていわないと思うわ」

帰りぎわに、紗絵は〈くまモン〉のキーホルダーを四個、わたしの手にのせた。

「先生と美幸さんと、洋《よう》ちゃんと達彦ちゃんの分です。達彦ちゃんとは初対面、わくわくします」

「ありがとう、紗絵先生」

わたしは紗絵の耳元に口を寄せていった。

語り・8　秀夫《ひでお》――今日という日・再会　二〇一二年六月九日

四人部屋。

朝を迎えた。

シュポー、シュポー。

室内の四か所で人工呼吸器の音が響《ひび》いている。オレたちの子守歌。

シュポー、シュポー。

四人そろって迎える朝はすがすがしい。

オレはおもむろに手を頬《ほお》にあてる。

温かい。うん、生きている。

こうしてオレは毎日、毎日、自分の生を確かめる。

体重わずか三十一キロのオレ。

オレはゆっくりと窓のほうに目を向ける。

カーテンのすき間《ま》から、かすかに光を感じる。

小鳥の影がよぎる。

隣のベッドの賢人《けんと》が、鼻マスクの下からくぐもった声をだして、かすかに動いた。

「起きとったんか」

「うん」

オレは顔を窓にむけたまま、答える。

賢人は明け方まで痰《たん》がひとりで吐《は》き出せず、何度もナースコールを押していた。最近少し元気がなくなっているのが、オレは気になっていた。

「雨、降りそうか」と賢人。

「ぜんぜん。お天気姉《ねえ》ちゃんの麻友《まゆ》ちゃんの予報、大当たりだな」

「ハハ、秀夫《ひでお》の麻友ちゃんか」

そこでオレは、賢人とようやく目を合わせてニヤリとした。思ったより、賢人の顔色がよかったのでほっとする。

オレは天気予報士の麻友ちゃんの大きな写真を壁に貼っている。

二十三歳のとき、オレは初めて恋をした。名前は、智美《さとみ》。オレは「サッチ」と呼んだ。

愛くるしい顔が、夕方のお天気キャスターの麻友ちゃんによく似ているのだ。

出会いはサッチが医療技術短大生で、二年のとき。サッチは、この病棟《びょうとう》に実習にきていた。

サッチは臨床《りんしょう》検査技師を目指していて、検査室で、いそがしそうに患者の血液や尿の検査をしていた。べつに、病室にくる必要もなかったのに、昼休みとか、ひまを見つけては、よく顔をのぞかせた。いつも、黒いゴムで髪をひとつに結んでいた。

サッチの笑顔は最高だった！　明るい、こっちまで、ついほほえみたくなるような笑顔だった。

あるとき、オレが病室にもどると、サッチがベッドの上に置いていた大学ノートを手にとり、そこに書きためていたオレの詩を熱心に読んでいた。サッチは、オレに気づくと顔をあげた。

「あっ、ごめんなさい」

かのじょはあわてて、詩を書きつけたノートを差しだした。

「これ、黙って見てしまいました」

「かまわんよ。自分が感じたこと、そのまま書いてるだけだから。こんなゆがんだ字、読みにくかったやろ」

「ううん。あたし、オーボエの音色《ねいろ》、思いだして」

「はあ？」

首をかしげるオレに、サッチは一生懸命に説明した。

以前、音大にいっていた従姉《いとこ》に木管《もっかん》アンサンブルの演奏会に連れて行ってもらったこと、そのときのオーボエの音色が忘れられないこと。

「やわらかい響きですごい透明感があって、それでいて、深くしみわたっていって」

サッチはもじもじしながら言葉をつづけた。

「演奏が終わったあとも、胸のなかに波紋《はもん》がいくつにも広がっていくようでした。秀夫さんの詩も、それとおんなじ感じなの」

「おおげさだな。オレ、オーボエとか聴いたことないけど、でもうれしいよ。そんなふうにいってくれて」

サッチの言葉は、なぜか心地よくオレの心をくすぐった。

「じゃあ、今度、CD持ってきます。いっしょに聴いてくださいね」

つぎの週、サッチはさっそくCDをもってきた。

病院の屋上から並んで夕日を見ながら、その音色に耳をかたむけた。

正直いって、オレにはオーボエどころかホルンもクラリネットも区別がつかなかった。

ただ、やわらかい音色は、夕日とよくマッチしていた。そしてサッチの横顔とも。

オレの心にも、じんわりと波紋が広がっていくのを感じた。

それ以来、サッチはよく、オレの病室にくるようになった。

サッチに熱をあげるものも数人いて、オレのことがおもしろくなかったのだろう。かれらは、サッチがくると、自分のかのじょだといいはった。病棟内でサッチをめぐる奪いあい、ケンカ騒ぎまで起きてしまった。直接、オレに文句をいいにくる者もいた。

サッチは困ったような顔をしていたが、ある日いきなり宣言した。

「あたし、秀夫さんと付きあいたいと思っています」

こう、はっきりいわれると、みんなも引きさがらざるを得なかった。

実習を終えても、サッチはちょくちょく、オレたちの病院に通ってきた。

「勉強、だいじょうぶ？」

心配するオレに、サッチは明るくいった。

「寝る間《ま》を惜《お》しんでやってまーす」

オレとサッチは、クヌギの木の下でかのじょお手製のサンドウィッチをぱくついて、レモン入りの紅茶を飲んだ。

たくさん話をした。たくさんわらいあった。

オレが、家族や、い草《ぐさ》のこと、飼い猫のミュウがよく牛乳の入った皿をひっくり返すことを話すと、サッチも、両親やちっちゃい弟のこと、住んでいる下宿《げしゅく》で夜中にネズミに見つめられたことを身振《みぶ》り手振りを混《ま》じえながら語った。

オレはたこ焼きが好きで、サッチはミツマメが好きなこと。クラッシックが好きなサッチとニューミュージックが好きなオレ。ふたりとも、サスペンスドラマはきらいなこと。話はつきなかった。

サッチと付きあいだしてからというもの、オレのなかから言葉が次つぎに飛び出してき

て、大学ノートにあふれんばかりだった。

サッチは、そんなオレの詩をいつも熱心に読んでは、病院の中庭を散歩しながらそらんじるのだった。

「秀《ひで》くんの詩、読むたびに、新らしい空気を胸いっぱい吸っている気分になれるの」

サッチはミラクルボーイズのイベントにもできる限りつきあってくれた。ポスター描《か》き、チラシ作製、そして当日は後ろの席からまっすぐにオレたちの演奏を見ていてくれた。

雪が舞う日、サッチの手がそっとオレの手を包みこむ。あたたかいやわらかな温《ぬく》もり。

一度だけ、サッチのくちびるがオレのそれとかさなった。ふたりともどぎまぎして、しばらく顔を合わせられなかった。

あれは、すべて恋人ゲームだったのだろうか。

バカだな、オレ。そんなことをいったら、サッチに失礼だろ。

結局、オレはその先へと踏みだすことができなかった。

ほんの一歩だったのに——。

「サッチが好きだ、大好きだ」

いつも心の中では叫んでいたのに——。

サッチは短大三年の卒業前、見事に臨床検査技師の国家試験に合格して、就職も決まった。それを機にオレは別れを決意した。サッチからは、じゅうぶんすぎるくらいの幸せをもらった。

「これからは、別々に自分の道をがんばろう」

そういったのは、このオレだった。

サッチは顔をゆがめた。

なぜ、いっしょに生きようっていえなかったのだろう。サッチなら、オレのことをまるごと受け入れてくれたような気もする。

でも、今になって思う。あのころのオレは知らず知らずのうちに自分自身の甘さを意識していたのかもしれないと。心のどこかで、冷《さ》めた自分を見つめていたのだろう。

「あなたには、ミラクルボーイズがある。そして、あたしの心にはあなたの詩がある。いつまでも、と、も、だ、ち、だよね」

念をおすようにいうと、サッチはあわてて顔をそむけるようにして去っていった。

きっと、泣き顔を見せたくなかったんだ。オレだって。

その後《あと》だった。祐樹《ゆうき》が看護師の彩《あや》ちゃんとバークレーへ旅立ったのは。

オレの胸に後悔はないはずだった。それでも、みょうにすきま風が吹いた。

オレは自分の心に封印《ふういん》をして、ミラクルボーイズで、たのしそうに練習に励《はげ》んだ。

十周年の企画は張り切ってやった。みんなとあんなに心を寄せあって取り組んだのははじめてだったかもしれない。

コンサートの一か月まえに、急《きゅう》きょ飛びこんできた高校生の紗絵《さえ》。

若さにはちきれんばかりだった。とても健康的な匂いがした。

オレとは違う、異質《いしつ》な匂《にお》いとでもいおうか。

その紗絵と練習前の集会室でちょっとした口論《こうろん》をした。

紗絵は、オレたちのことを理解しようと真剣だったと思う。

紗絵が一途《いちず》なのはいい。ただ、その一途さがなんとなく危なっかしく感じられたのだ。

生まれつき障害を持って生まれたオレたちは、一生健常者《けんじょうしゃ》にはなれない。そのへんのことを、オレはわざといじわるくいいすぎたのかもしれない。

紗絵のやつ、きゅっと唇をとがらせてたっけな。

オレにはやさしさが怖いときがある。本能的にやさしさから逃げているのだろうか。

賢人は素直でいい男だ。紗絵にはオレなんかより賢人に心を寄せて欲しいと願った。

その紗絵が今日やってくる。

あれから八年。

紗絵は、関西の大学にいき、そのまま神戸に住んでいた。幼稚園の先生になったという手紙をもらったが、会うのは八年ぶりってことになる。

熊本へ里帰りしたついでにオレたちの顔を見にくると、三日前にきたハガキに大きな字で書いてあった。

よこの方にクマさんの絵が、これはかわいらしく描かれていた。

「ははーん、例のゆるキャラの〈くまモン〉のつもりらしい」

オレがひとり言《ごと》をつぶやいていると、賢人が食《く》い入《い》るように、そのハガキを見ていた。

「やるよ」

「でも、おまえにきたんだろ」

「オレたちみんなにだよ。そう書いてあるじゃん。相変わらず下手《へた》な字だな」

オレはわざとそっけなくいう。

「それに、このパンダかクマかわからないヤツ」

紗絵の鈍感《どんかん》、まったく。賢人宛《あて》にハガキよこせばいいのに。

オレは心の中で毒づいた。

オレはつぎの日、内緒《ないしょ》で賢人の枕の下に紗絵のハガキを押しこんだ。

効果はてきめんだ。

看護師の多田《ただ》さんが、入ってきて四人のベッドのそばにそっと体温計を置いていく。賢人のそばでちょっと立ちどまる。

「気分はどう?」

「おかげで楽になりました」

と、賢人が礼をいう。魔法は気づかれないからいいのかもしれない。

「そう、よかったわね」

多田さんはほっとしたようにいって足早《あしばや》に病室を出ていった。

同室の和雄《かずお》と満《みつる》も起きているようだ。

多田さんが戻ってきて脇《わき》の下の体温計を引き抜く。

体温計は三六度四分《ぶ》。

「はい、じょうとうねー」

多田さんは、語尾《ごび》を少し伸ばしてにっこりわらう。

おお、まさに白衣《はくい》の天使。

朝、多田さんの笑顔に出会えたときは、ラッキーだ。今日一日いいことに出会えそうな気がする。

人は笑顔が一番いいと思う。

オレはときどき、こっそりとサッチの最高の笑顔を思い浮かべる。サッチの仕草《しぐさ》、耳にひびく言葉、今でも全部おぼえている。お天気キャスターの麻友ちゃんはサッチの身代わりだ。未練《みれん》がましく元カノの写真貼《は》るわけにもいかないしな。

オレが感慨《かんがい》にふけっていると、いきなり、顔にふわりと温かいタオルがかけられた。

同時にがらがら声。

「ほら、いつまでも寝てるんじゃないよ」

あーあ、根本《ねもと》のおばちゃんだ。だけどおばちゃんの手つきはやわらかだ。そっと人工呼吸器を外すと、オレの顔を拭《ふ》きながら、

「きょうは紗絵ちゃんがくるんだって？　ねんいりにおめかししてあげるけんね」

と、耳の後ろまでていねいに拭いてくれた。

「ほい、色男のできあがり。つぎの色男」

そういいながら、賢人のベッドへ近よった。

おばちゃんなんていっているけど、ベテランの看護師さんだ。それに地獄耳《じごくみみ》。紗絵のくることを、どこでキャッチしたんだろう。

「いいよね、若い子は。ところで、紗絵ちゃんはどっちが本命なんだろね。秀くん、それとも賢《けん》くんかな」

根本のおばちゃんは、豪快《ごうかい》にわらいながらカーテンを開けた。

「ほー、いいお天気だわ。こんなのデートびよりっていうのよね」

根本のおばちゃんは胸をはる。

「夕食は集会室に運んであげるわね。紗絵ちゃんの分も。特大サービスよ。では、よい一日を」

おばちゃんは、軽くウィンクをして出て行った。

朝食の味噌汁《みそしる》の匂いがする。あちこちで、朝がはじまる。

とりわけ、きょうはオレたちにとって大切な日。午後になるのが待ちどおしい。

「かのじょに会えるな。ドキドキだろ」

賢人に向かってゆっくりとオレはいった。

「うん」

賢人は少し顔を赤らめた。


病院の玄関に、ミラクルのメンバーが勢ぞろいしていた。晴《はる》さんと今西先生一家は、後《あと》から到着するはずだ。

梅雨の晴れ間。太陽がかがやいている。

オレたち四名は車いすでずらり。うきうきしながら、紗絵を待っている。

午後二時すぎ、約束の時間に紗絵があらわれる。膝下《ひざした》までの紺色のスパッツに、黒と白のボーダー柄《がら》のワンピースすがたが似合っている。少しスリムになったかな。

「きた、いや東からやってきた」

コウがはしゃいだ声をあげる。

「ようこそ、ようこそ。サトでーす。お忘れじゃないですよね」

サトも負けじとばかりにつづける。

コウとサトの漫才コンビ、いつものように張りあっている。

オレは手を軽くあげる。

「よっ」

紗絵も手をふって駆けてくる。まぶしい。やはり健康な匂いだ。

たちまち紗絵は車いすにかこまれた。

にぎやかに輪のまんなかで、紗絵は質問攻《ぜ》め。

「集会室に行こうか」

オレは車いすをターンする。その後ろを紗絵はついてくる。

賢人だってしゃべりたいだろうに。賢人はまだ、ひとことも発していない。

「なあ。賢人。かのじょ、きれいだね」

オレはよこをいく賢人にいった。

「えっ」

賢人じゃなく紗絵が反応した。紗絵は少しかがんで、オレの車いすに耳を近づける。

とっさにオレは言葉を変更。

「うん、紗絵もどうにか大人になったなっていったんだよ」

今度はオレの声がはっきりと耳に入ったのだろう、紗絵の顔もわらっていた。

「おかげさまで、年相応《としそうおう》にね」

その顔にはもう、わだかまりはなかった。

「幼稚園の先生だって。紗絵がねえ」

オレはそういいながら賢人を見た。

賢人は何もいわなかったが、その顔は紗絵に会えてうれしそうだった。

賢人はそれでいいのかもしれない。自分の歩いていく道は自分で決めなくちゃいけない。

みんなが車いすでゆっくりついてくる。

オレたちは青々と茂ったクヌギの木の下をくぐり抜けていく。

木漏れ日《こもれび》がゆらゆら揺れた。

「なつかしい風のにおい」

つぶやくようにいうと、紗絵は胸をそらせた。

エピローグ　ミラクルの風　二〇一二年六月九日

夕暮れが近づいていた。

西の空にまーるい夕日があらわれ、まわりの雲が赤みをおびていた。

「きれい、きれい」とはしゃいでいた達彦《たつひこ》はそのあと、すぐに眠ったようだ。

もう少しで熊本インターをおりる。病院まで、あと二十分はかかりそうだ。家を出てから、すでに一時間二十五分。

五年まえ、ぼくはS病院の養護《ようご》学校から人吉《ひとよし》に転勤になった。

たとえ、どこへ行こうとも、ぼくたち家族にとって、ミラクルボーイズは切っても切れない生活の一部だ。

洋一《よういち》はボーカリストとして、なかなか筋《すじ》がいい。五年生ともなるとちょっぴり生意気な口もきくけど、ミラクルボーイズの練習を、何はさておき優先してくれる。生まれたときからミラクルに参加していたといっても過言《かごん》ではない。「ミラクルの兄ちゃんたち」といって、メンバーになついている。

そこで、ぼくはメンバーの兄貴役を返上した。ぼくはもう四十代後半、どうみても、おじさんってとこだ。

正直なところ、だいぶメタボの体形に近づいたかも。わが家の栄養士、美幸《みゆき》には、食べ過ぎ、飲み過ぎ、いつも叱《しか》られてばかりだ。

全然、変わらないのが、その美幸。ミラクルの母は、年を経るごとにますます力強く頼もしい。

人吉生まれの達彦は、タンバリンをたたきながらのパフォーマンス。演奏に合わせて小さな体をリズミカルに動かすすがたは、なかなかのもんだ。

練習になかなか参加できないのがつらいところだ。思うように時間がとれない。合志《ごうし》市のS病院までいくのに、月に一回がやっとのときもある。

その分、助《すけ》っ人《と》が増えた。

病院の比較的近くにある養護学校の先生たちや美幸の弟の勇一、その仲間の農家の青年たちが、仕事の合間に、参加してくれている。

ボランティアの畑中《はたなか》さんはずっと縁《えん》の下の力持ちをつづけてくれている。感謝、感謝。

マネージャーだった保育士の山本奈央《なお》先生は、今は二人の子どもの母親だ。新しく赴任してきた男性の保育士、吉岡先生がマネージャー役を引きついでくれている。

以前のように毎日というわけにいかないが、週に一回、土曜日が練習日と決められていて、自由参加ということにしているが、途切れることはない。

とくにイベントの前はほとんど全員がそろい、合同練習も出来ている。

これも秀夫《ひでお》や賢人《けんと》たちの気力にみんなが共鳴《きょうめい》しているからだ。

取りあえず、ぼくらは二十周年を目指している。コウとサトの漫才コンビも健在だ。コウは最近しきりに「かのじょが欲しい」とぶつくさ、耳にタコができそうだ。どうも、サトに遅れをとったらしい。

ミラクルの少年たち。

そう、かれらはいつも少年のようだ。

かれらの周りではいつもミラクルの風が吹いている。

風は光を運んでくる。

暖かいさわやかな風。

風そのものがかれらなんだ。

筋《きん》ジスという難病におかされながら、明るく前を向いて生きている。

人は、こんなにも真剣に、生きることに向きあえるんだ。

ぼくはこれからもずっと、かれらといっしょに歩いていきたい。かれらの言葉にずっと耳を傾けていたい。

かれらに出会えた偶然に、心から感謝しつつ。


病院に到着。中庭に車を停《と》める。

後ろの座席で洋一が、起きろ起きろと、達彦をつついている。

日が落ちて薄い闇が広がるなか、集会室のあかりがほんのり見える。

ぼくはそっと近づいた。

ぼくはあの日の紗絵《さえ》の真似をしてガラス窓にはりついた。

「ほう」

高校生のイメージしかなかった紗絵の変わりようには、やっぱり驚いた。

紗絵をまん中にして秀夫がわらっている。賢人もにこにこしている。コウとサトもいる。

おやおや、みんなの車いすには何やらぶらさがっている。あれ、〈くまモン〉じゃないか。

「なにやってんの、パパは。紗絵ちゃんに見とれとるんじゃなかかね」

達彦をだっこして、美幸がやってきた。

「だって、〈くまモン〉が」

ぼくは指さした。

「紗絵ちゃんの胸にもついているぞ」

「あれね、紗絵ちゃんからのプレゼント。あたしたちももらったのよ」

美幸はバッグから四個取り出し、一個を達彦の手にのせた。

「紗絵ちゃんがね、ミラクルのお守りにしようっていうとよ。ゆるキャラで日本一になったんだから、ゲンがいいんだって」

「いただき！」

洋一のすばやいこと。〈くまモン〉を一個つかむと入り口に向かって走りだした。

「まってよー、にいちゃーん」

あわてて、美幸の手からすべりおり、達彦が後《あと》を追う。

ぼくらはもう一度、窓にへばりついた。

「フフッ、相変わらず紗絵ちゃん、もてもてね」

「そうだね」

ぼくと美幸は顔を見あわせた。

「二十周年のときは紗絵ちゃんも参加したいっていっていってたわよ」

「ほー、そりゃあいいな」

そのときコウがぼくらに気づいて指さした。

「あっ、一、二、ヤモリの夫婦がいるぞ」

「あんなにメタボのヤモリがいるかよ」

サトがどなり返す。

そのとき、車いすがすべるようにやってきた。晴《はる》さんが手をふった。

晴さんともしばらくぶりだ。肺炎《はいえん》が長引いて三か月ほど入院したあと、今、自宅静養《せいよう》中なのだ。そうそう、晴さんは自分ひとりでかなりがんばっていたが、この肺炎がきっかけで、掃除だけヘルパーさんにお願いするようになったらしい。

「やはり、助かりますよ。部屋のなか、きれいになって」

晴さんはうれしそうにいっていた。

ミラクルボーイズのリーダーも、三年まえから秀夫にかわっている。

「工房での仕事をがんばりたいんです」

晴さんは、印刷の仕事が楽しくてしかたがないみたいだ。晴さんもまた確実に自分の道を歩いている。

ぼくは晴さんにかけよった。

「おっ、顔色、だいぶよくなったみたいだね」

「おかげさまで。来週からは仕事にも復帰できます」

「そう、よかったわね。でも練習、ムリしないでね」

美幸も、晴さんの肩に手をおきながらいった。

「ええ、今年のミラクル十八周年。秋のコンサートにはじゅうぶん間《ま》にあいそうです」

「そうね、まだ三か月もあるもんね」

美幸は言葉をかみしめるようにいった。

ぼくらは知っている。

ここでは時間はとても貴重なのだ。一分だって、一秒だって、無駄にはできない。

でも、同時に、あせっちゃいけないんだ。ぼくらのミラクルは永遠につづく。そう思って活動するんだ。

窓ガラスのなかから、コウが早く早くと手をふった。

ぼくと美幸はそろって集会室のドアをあけ、晴さんを先頭に中へ入った。

ミラクルの風が、ゆっくりとぼくらを招きいれてくれた。


（おわり）

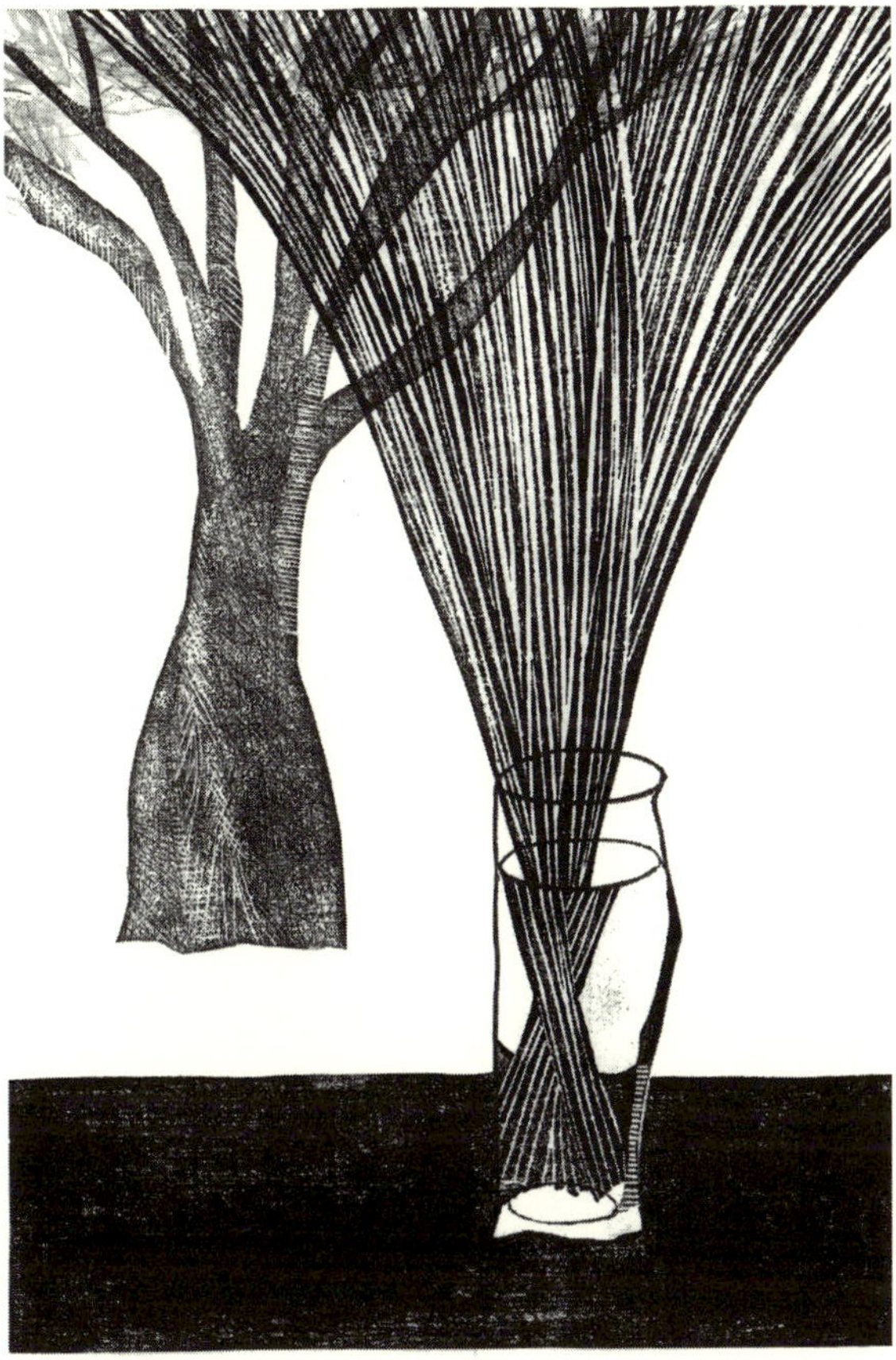

＊引用した詩

「お母さん」藤本猛夫（ＫＡＢ熊本朝日放送開局一周年記念第一回子ども詩コンクール最優秀賞）

「夢〔Dream〕」藤本猛夫

「空」一法師《いっぽうし》研二

「ミラクルボーイズのテーマ」今田安彦

＊参考にした本

庄司進一『筋疾患の診断と治療』（永井書店）
小沢鉄二郎『ジストロフィン』（学会出版センター）
大竹進監修『筋ジストロフィーのリハビリテーション』（医歯薬出版）
小西弘一『いのち煌めくとき』（ハート出版）
土屋竜一『神様からの贈り物』（角川書店）
貝谷嘉洋『魚になれた日　筋ジストロフィー青年のバークレイ留学記』（講談社）
栗原征史『命の詩に心のVサイン　筋ジストロフィーを生きたぼくの26年』（ラ・テール出版局）
渡辺一史『こんな夜更けにバナナかよ　筋ジス・鹿野靖明とボランティアたち』（北海道新聞社）
早野香寿代『筋ジストロフィーを抱えて　それでも私は生きる、ありのままに』（素朴社）
山田富也『筋ジス患者の証言「生きるたたかいを放棄しなかった人びと」』（明石書店）
藤本猛夫『生きるための遺書』（ブイツーソリューション）
藤本猛夫『ごはんとみそ汁』（就労支援センター「テクニカル工房」）
トーマス・ベリイマン（写真と文）『筋ジストロフィーとたたかうステファン』（偕成社）

あとがき

これは、熊本県合志市の熊本再春荘病院の筋ジストロフィー患者たちで結成された〈ミラクルボーイズ〉というバンド仲間と、共に活動をつづけてきた養護学校（現・特別支援学校）の先生一家をモデルにした物語です。

筋ジストロフィーというのは、全身の筋肉が少しずつ壊れていく病気です。二十代で死亡することが多かったこの病気も、医学の進歩で生存率は高まってきていますが、まだ確固たる治療薬は見つかっていないのが現状です。

実在するこのバンドを知ったのは二〇〇三年八月、その活動を報じた新聞記事でした。翌年の十月にこのバンドが結成十周年記念コンサートを開くという記事を再び目にした時、すぐに病院へ電話をかけました。

三日後の二〇〇四年十月十日、新聞記事を握りしめコンサート会場へ向かうわたしの手は、暑さと緊張のためにかなり汗ばんでいました。

会場の町民センター（現・御代志市民センター）は、手伝いの方たちが、舞台設営、照明、音響、受け付けと手馴れたようすで立ち働いておられ、和気あいあいとしていました。

幕が開き、とても息のあった演奏がはじまりました。メンバーは車いすに座ったまま、キーボード、ボーカル、ギターとそれぞれのパートを担当しています。とくに演奏の合間に挟まれるメンバーのひとり、藤本さんのトークは、ちょっぴり、ひねりがあり、ユーモアありで、会場は笑いの渦でした。舞台と客席が一体となり、明るい、なごやかな空気に包まれて盛りあがっていました。

この明るさはどこからくるのでしょう！

病院の保育士で、当時、ミラクルボーイズのマネージャーだった河野宏典さんに、バンドをモデルにした作品を書きたい想いを伝えると、改めて、練習場所の病院の集会室でメンバーと養護学校（現・特別支援学校）の今田先生たちが会ってくれることになりました。

どきどきしながらのわたしの質問にも、みなさんはていねいに答えてくれ、練習風景も見せてもらいました。それぞれの工夫で、キーボードをたたき、楽譜をめくり、声をあげ、音楽をかもしだす。

常に死と隣り合わせの生をかれらは生きている——そういっても過言ではないでしょう。一分、一秒が密度の濃い時間なのでしょう。それなのに、その音色に、その響きに、厳しさや悲壮感はなく、むしろ、心がほっこりするような、やわらかな陽だまりのようなものを感じたのです。

ミラクルボーイズはまさに、奇跡のバンドです。

この作品の中では、若い紗絵という女の子を登場させました。何の変哲もない平凡な紗絵の感じた戸惑いや驚きや、ある種の共感に自分の想いを託すことにしたのです。作品はわたしの想像が多くを占め、事実とは異なっています。ただ、多くの方々のお力添えをいただきました。

メンバーと深い信頼関係で結ばれている今田先生と妻の由里子さん。リーダーの藤本さん。元リーダーの境田さん。メンバーの一法師《いっぽうし》さんや森山さん、鶴田さん。保育士の河野さん、などなど………。ほんとうに感謝の気持ちでいっぱいです。

八年の歳月をかけ、ようやく完成しましたが、少しでもメンバーの気持ちに近づくための必要な時間だったような気もします。

また、田中つゆ子さんには、前作『うえにん地蔵』につづき、今回も素敵な版画の挿し絵をいただきました。細部にわたりご指導下さった石風社の藤村興晴さん、お世話になりました。ありがとうございました。

おぎのいずみ

山口県下関市に生まれる。

地域公民館に親子文庫を開設するとともに、図書館のおはなし会に所属して、子どもたちに絵本の読み聞かせをする。

作品に『いつか飛ぶ日に』(偕成社)、『ムーンとぼくのふしぎな夏』『うえにん地蔵』(以上、石風社)、「今山の石の歌」(『福岡の童話』リブリオ出版)などがある。

現在、朝日カルチャーセンター(福岡)「童話を楽しむ」講師。

日本児童文学者協会・実作通信講座講師。

福岡市在住。

ミラクルボーイズ
奇跡の筋ジスバンド

二〇一三年五月二十日発行
著　者　おぎのいずみ
挿　画　田中つゆ子
発行者　福元満治
発行所　石　風　社
福岡市中央区渡辺通二—三—二四
電　話０９２（７１４）４８３８
ＦＡＸ０９２（７２５）３４４０
印刷・製本　シナノパブリッシングプレス